Алиса и Машина Времени

Алиса и Машина Времени

Фантазия по мотивам
Льюиса Кэрролла и Герберта Уэллса

Виктор Фет

Иллюстратор
Байрон В. Сьюэлл

Перевод с английского автора

evertype
2016

Издательство/*Published by* Evertype, 73 Woodgrove, Portlaoise, ʀ32 ᴇɴᴘ6, Ireland. *www.evertype.com.*

Редактор-консультант/*Advisory Editor Байрон В. Сьюэлл*/Byron W. Sewell.

Издание первое/*First edition* 2016 г.

Каталожная запись этой книги доступна в Британской библиотеке.
A catalogue record for this book is available from the British Library.

ISBN-10 1-78201-157-9
ISBN-13 978-1-78201-157-6

Гарнитура De Vinne Text, Mona Lisa, Eɴɢʀᴀᴠᴇʀs' Rᴏᴍᴀɴ, и *Liberty*. Набор *Майкла Эверсона.*
Typeset in De Vinne Text, Mona Lisa, Eɴɢʀᴀᴠᴇʀs' Rᴏᴍᴀɴ, *and Liberty by* Michael Everson.

Обложка/*Cover*: *Майкл Эверсон*/Michael Everson.

Печать/*Printed by* LightningSource.

Предисловие

В одном из наиболее часто цитируемых фрагментов из религиозной и философской автобиографии Святого Августина, его *Исповеди* (*Confessiones*), написанной почти 1700 лет назад, о природе времени сказано:

> Quid est ergo tempus? Si nemo ex me quaerat, scio; si quaerenti explicare uelim, nescio.

> 'Что же такое время? Если никто меня об этом не спрашивает, я знаю, что такое время; если бы я захотел объяснить спрашивающему—нет, не знаю.' (XI.14)

Тем не менее, на протяжении следующих 18 глав Книги XI, Августин достаточно подробно показывает, что время само по себе не существует, поскольку прошлого более нет, а будущее ещё не наступило. Даже настоящее не обладает ни пространством, ни протяжённостью—любое мгновение немедленно становится прошлым, как только мы о нём задумаемся. Но тем не менее мы рассуждаем о времени; и Августин далее задаёт вопрос о том, существует ли время только в настоящем—в нашей памяти о прошлом и в предсказании будущего. Наконец он склоняется к выводу

о том, что время—это "растяжение" или "простирание
души". И он снова подробно рассматривает, что именно
происходит, когда он читает на память текст псалма, и что
же имеется в виду под "временем".

Ita carmen, ita pes, ita syllaba. Inde mihi uisum est
nihil esse aliud tempus quam distentionem; sed cuius
rei, nescio, et mirum, si non ipsius animi.

'Так и с целым стихотворением, так и со стопой, так
и со слогом. Поэтому мне и кажется, что время есть
не что иное, как растяжение, но чего? не знаю;
может быть, самой души.' (XI.26)

В итоге он видит, как душа "простирается" в темпораль-
ность, в очевидную последовательность событий. Эта идея
последовательности получит развитие в дальнейшем.

Навряд ли кто-то—даже наиболее рьяные критики
Августина, а их было и продолжает быть немало—обвинит
его в том, что он был автором научно-фантастических
произведений, даже в случае трактата *О Граде Божьем*
(*De Civitate Dei*). Однако его концепция растяжения или
простирания души может быть полезна для обсуждения не
только времени, но и путешествия во времени—которое
само по себе, даже без участия души или разума, является
центральной темой в контексте жанра научной
фантастики.

Рассмотрим же саму идею путешествия во времени—
главный предмет настоящей книги Виктора Фета. Для
начала стоит вспомнить классические примеры подобного
"путешествия". Некоторые специалисты по научной фантастике считают, что в индоевропейской традиции путешествие во времени появляется уже более двух тысяч лет
назад в индийском эпосе *Махабхарата*, где рассказы-

вается история о царской дочери Ревати, девушке необыкновенной красоты. Вместе со своим отцом Какудми, Ревати отправляется ко двору бога Брахмы, брата Кришны, чтобы найти себе жениха. Брахма внимает музыке гандхарв—музыкантов и певцов богов. Посетители ожидают, пока Брахма заговорит с ними, и узнают, что тем временем прошло 107 человеческих жизней, и все их друзья и возможные женихи уже давно мертвы. История заканчивается счастливо (что не всегда случается в рассказах о путешествиях во времени): Ревати становится невестой бога Вишну, который воплотился на Земле под именем Кришны.

В литературе имеется много других примеров персонажей, путешествующих во времени, обычно в прошлое—от Одиссея в *Одиссее* до использования того же мотива Вергилием в шестой книге *Энеиды*, и до *Божественной комедии* Данте. Бедняга Рип Ван Винкль проспал немалое время; да и сама Алиса, пожалуй, путешествует в другом времени как в Стране чудес (вспомним о Времени в главе о Безумном Чаепитии), так и в Зазеркалье (Белая Королева, жизнь которой течёт в обратном направлении!).

Еше более изощрённый пример вымышленного путешествия во времени мы встречаем у русского писателя Александра Фомича Вельтмана, в романе *Предки Калимероса* (1836). Его рассказчик путешествует в IV век до н.э. (причем пользуется для этого *гиппогрифом*—своего рода живой машиной времени с изрядной лошадиной силой) в надежде узнать секрет величия древних греков (постоянный интерес к таким проблемам заметен в российской истории). Рассказчик оказывается в лагере Филиппа Македонского (отца Александра), встречается с Аристотелем, и после ряда приключений приходит к выводу, что "что люди одинаковы в своей сути вне зависимости от времени и пространства, меняются лишь формы, а делают их героями исторические законы."

Несколько более современный вариант путешествия во времени в прошлое мы находим в книге 1983 года *Alice Lengter Tilbake* 'Алиса хочет вернуться обратно' норвежского фантаста Тура Оге Брингсвярда (Tor Åge Bringsværd). В этой фантазии Алиса, уже пожилая женщина, мечтает вернуться в волшебную Страну чудес. Снова став девочкой, в компании двух других детей она находит путь обратно в Страну чудес; она встречает там своих старых друзей, в том числе Белого Кролика, отрастившего длинную бороду. К своему разочарованию, она обнаруживает, что Страна чудес стала Страною запретов, где не разрешены никакие сказки!

Однако уже за сто лет до появления книги Брингсвярда, оксфордский философ и логик Фрэнсис Герберт Брэдли в своей книге *Принципы логики* (1883) описывал время в выражениях, близких к идее последовательности событий Августина:

> Нам представляется, что мы находимся в лодке, которая плывёт вниз по течению, и что на берегу имеется ряд домов с пронумерованными дверьми. Мы выходим из лодки, стучимся в дверь под номером 19; возвращаемся в лодку и вдруг обнаруживаем напротив себя дверь под номером 20; снова проделав то же самое, мы видим дверь номер 21. При этом события прошлого и будущего простираются твёрдо зафиксированным рядом, как кварталы домов, позади и впереди нас.

Идею времени как потока мы находим, конечно же, и в гимне Исаака Уоттса (Isaac Watts), парафразирующем Псалом 90 "Живый в помощь" ("Our God, Our Help in

Ages Past") из книги *Псалмы Давида, написанные в подражание языку Нового Завета* (1719). Предпоследнее четверостишие этого псалма гласит:

> *Time, like an ever rolling stream,*
> *Bears all its sons away;*
> *They fly, forgotten, as a dream*
> *Dies at the opening day.*

> *'Время, как вечно текущий поток,*
> *Уносит всех своих сыновей,*
> *Они улетают, забыты как сон,*
> *Уходящий при свете дня.'*

Французский философ XX века Анри Бергсон—один из мыслителей, рассуждавших о проблеме времени,—понимал его как конструкцию, исходящую из субъективного опыта. "Новорожденный младенец," говорит Бергсон в книге *Время и свобода воли*, "не может непосредственно ощущать время; он должен будет обучиться этому."

В 1895 году появилась самая знаменитая научно-фантастическая повесть о путешествии во времени— *Машина времени* Герберта Уэллса. С тех пор—уже более ста лет—эта книга является образцом для всех историй о путешествиях во времени. Переиздания повести Уэллса, как и *Приключений Алисы в Стране чудес*, никогда не прекращались.

Уэллс не объясняет читателю, что именно представляет собой его машина времени:

> "Однако это совершенно упускают из виду," продолжал Путешественник по Времени, и голос его слегка повеселел. "Время и есть то, что подразумевается под Четвёртым Измерением, хотя

некоторые трактующие о Четвёртом Измерении не знают, о чём говорят. Это просто иная точка зрения на Время. ЕДИНСТВЕННОЕ РАЗЛИЧИЕ МЕЖДУ ВРЕМЕНЕМ И ЛЮБЫМ ИЗ ТРЁХ ПРОСТРАНСТВЕННЫХ ИЗМЕРЕНИЙ ЗАКЛЮЧАЕТСЯ В ТОМ, ЧТО НАШЕ СОЗНАНИЕ ДВИЖЕТСЯ ПО НЕМУ.”

Его описание модели машины времени не отличается подробностями:

Путешественник по Времени держал в руке искусно сделанный блестящий металлический предмет немного больше маленьких настольных часов. Он был сделан из слоновой кости и какого-то прозрачного, как хрусталь, вещества.

“А теперь обратите внимание на следующее: если нажать на этот рычажок, машина начинает скользить в будущее, а второй рычажок вызывает обратное движение.”

В своей рецензии на *Машину времени*, опубликованной 13 июля 1895 г., Ричард X. Хаттон, литературный редактор журнала *Спектейтор*, писал:

Эта повесть основана на умозаключении, вполне обычном у современных метафизиков, предполагающем, что *время* является как наиболее важным условием органической эволюции, так и наиболее обманчивой из субъективных иллюзий… и всё же Время—настолько субъективная категория мышления, что мы можем представить себе человека с пытливым умом, который способен изобрести средства для путешествия во времени, как в пространстве, и посетить собственной персоной любые эпохи будущего мира, став настоящим "пилигримом в вечности".

В любопытном письме, напечатанном в журнале *Nature* в 1885 г., и подписанном только инициалом "S.", уже высказывается идея о времени как о четвёртом измерении:

Что такое четвёртое измерение? Я предлагаю считать четвёртым измерением Время... Поскольку это четвёртое измерение не может быть включено в пространство, как мы его обычно понимаем, для его существования необходим особый вид пространства, которое можно назвать "пространство времени" (time space).

Пол Кинкейд, специалист по научной фантастике, пишет об идее машины времени:

Машина времени описывает не передвижение во времени (мы уже живём во времени, и писатели всегда были способны поместить свой рассказ в любое прошлое или будущее), а транспозицию во времени. С этой книгой в научной фантастике появился анахронизм—взгляд на какую-либо эпоху через глаза человека из другого времени. В этом смысле в повести Уэллса представлен, возможно, наиболее архетипический приём данного жанра.

О том, как Уэллс предвосхитил Эйнштейна, напоминает Рослинн Хэйнс:

В дополнение к своим ярким образам, *Машина времени* концептуально привлекательна. Уэллс расматривает идею времени как измерения, и как только мы принимаем его фантазию о путешествии сквозь время, он отметает все философские возражения. Это в особенности поразительно, если учесть, что Уэллс писал за 17 лет до публикации Альбертом Эйнштейном его специальной теории относительности, где впервые в науке рассмотрена концепция времени как четвёртого измерения. Описания отправления и прибытия машины времени полностью соответствуют эйнштейновской иллюстрации, где описываются двое часов, одни стационарные и другие двигающиеся.

Наконец, Питер Николлс утверждал, что "в *Машине времени* Уэллс использует простейшую из всех моделей времени: время представлено в виде реки. Путешественник по Времени продвигается далее и далее вниз по течению в будущее." Восхищаясь *Машиной времени*, знаменитый романист и не менее опытный критик Генри Джеймс, писал Г. Дж. Уэллсу в 1900 г.: "Вы необыкновенно великолепны" ("You are very magnificent.")

В повести Виктора Фета "машина времени" называется "Машинетта" (не путать с одноимённой кофеваркой, которая еще не была еще изобретена к тому времени, когда происходит действие); в отличие от уэллсовской машины, эта улучшенная модель может перевозить не одного человека, а двух.

Виктор Фет—биолог, специалист по скорпионам, поэт и переводчик—сделал свою повесть несколько более научной, чем обычно принято в научной фантастике или других повестях. В его книге встретились: Герберт Уэллс (путешествующий во времени собственной персоной),

Чарльз Дарвин, Чарльз Латвидж Додсон* (т.е. Льюис Кэрролл), Джон Дальтон, и—*mirabile dictu*—Алиса Плезэнс Лидделл—Алиса из *Приключений Алисы в Стране чудес*!

К концу своей долгой жизни, на 72-м году, Святой Августин писал в книге *Retractationes* (что переводится как *Пересмотры*) о своей прежней *Исповеди (Confessiones)* "Что думают об этом другие, это решать им самим. Но я знаю, что эти предметы доставили, и продолжают доставлять, удовольствие многим." Можно надеяться, что *Алиса и Машина Времени* доставит вам не меньше удовольствия, чем доставило Виктору Фету сочинение, а его друзьям— чтение этой книги.

Август А. Имхольц, Мл.,
29 февраля 2016 г.

---

* См. примечание 3, с. 145.

Foreword

*I*n one of the most often quoted passages from his religious and philosophical autobiography, the *Confessiones* written almost 1700 years ago, Saint Augustine says of the nature of time:

> Quid est ergo tempus? Si nemo ex me quaerat, scio; si quaerenti explicare uelim, nescio.

> 'What, then, is time? If no one ask of me, I know; if I wish to explain to him who asks, I know not.' (XI.14)

And yet Augustine then proceeds in the remaining 18 chapters of Book XI to demonstrate at some length that time itself does not exist because the past is no longer and the future is yet to be. Even the present has neither space nor duration—the present moment immediately becomes the past when we contemplate it. And yet, since we talk about time, Augustine next asks whether time exists only in the present—through memory of the past and prediction of the future. Finally, he inclines toward the conclusion that time must be a "distention" or "protraction of the mind". He analyses, again at some length, what happens when he recites from memory a psalm and what we must mean by "time".

Ita carmen, ita pes, ita syllaba. Inde mihi uisum est nihil esse aliud tempus quam distentionem; sed cuius rei, nescio, et mirum, si non ipsius animi.

'And so for a poem, thus for a foot, thus for a syllable. Whence it appeared to me that time is nothing else than protraction; but of what I know not. It is wonderful to me, if it be not of the mind itself.' (XI.26)

In the end, he sees the mind "stretched out into temporality, into an apparent successiveness of events." This idea of the successiveness will have some echoes later.

Now no one, not even his harshest critics—and there have been and continue to be many, would accuse Augustine of writing science fiction, not even in his *De Civitate Dei,* but his conception of the distension or stretching of the mind may provide a way of looking not only at time but also at time travel, which even if it does not necessarily involve the mind or soul, is itself a central theme in the context of the genre of science fiction.

Let's then proceed with the idea of time travel itself, which is one of the main conceits of the present book by Victor Fet. It first may be worth noting a few classic historical examples of that "travel". Some science fiction literary scholars claim that time travel in the tradition of Indo-European literature may date back to the story of Kakudmi's daughter Revati, a girl of surpassing beauty, in the Hindu epic the *Mahābhārata* of more than two millennia ago. Revati and her father journey to the court of Krishna's brother, Lord Brahma himself, to find out who would be suitable to marry her. While Brahma listens to the music being played by the

Gandharvas—the gods' musicians and singers—they wait silently until Brahma speaks to them, whereupon they learn that 107 ages of man have passed since they arrived and all their friends and possible suitors are long dead. The story ends happily, a fact that is not always the case in time travel narratives, and Revati is promised in marriage to Vishnu, who is sojourning on earth in the form of Krishna.

Of course there are many other examples of fictional characters venturing out of time, usually into the past, from Odysseus in the *Odyssey* to Vergil's adaptation of that motif in the sixth book of the *Aeneid*, down to Dante's *Divine Comedy*. Poor Rip Van Winkle snoozes through time and even Alice herself, it might be argued, escapes into Wonderland time (for example, think of Time in the Mad Tea-Party) and Looking-Glass-land time (remember for example the White Queen who lives backwards!).

At an even more fanciful extreme of fictional time travel, the early 19th century Russian author Alexander Fomich Veltman wrote in 1836 the novel *Predki Kalimerosa* (*'The Ancestors of Kalimeros'*), in which the narrator travels back to fourth century BCE via a *hippogryph*, no less, a sort of animate time machine of great horse power, in the hope of finding out what made the ancient Greeks such great leaders—a recurrent Russian desire. The narrator arrives at the camp of Philip of Macedon (the father of Alexander the Great), meets Aristotle, and has several other adventures before concluding "that people of all times and places are the same, and it is the laws of history that can turn them into heroes."

A more modern narrative of time travel in reverse can be found in the 1983 *Alice Lengter Tilbake* (*'Alice Longs to Go Back'*), by Norwegian science fiction innovator Tor Åge Bringsværd. In this fairy tale, Alice, now an elderly woman, longs to return to the magic of Wonderland. Guided by two children, herself having been rejuvenated, she finds her way back to Wonderland and sees her old friends, including the White Rabbit, now sporting a very long beard; but she discovers to her dismay that it is now the Land of No-No, where fairy tales are forbidden!

Precisely a hundred years before the appearance of Bringsværd's book, however, the Oxford philosopher and logician, Francis Herbert Bradley, in his 1883 *Principles of Logic* described time in a way somewhat like Augustine's successiveness:

> We seem to think that we sit in a boat, and are carried down the stream of time, and that on the bank there is a row of houses with numbers on the doors. And we get out of the boat, and knock at the door of number 19, and, re-entering the boat, then suddenly find ourselves opposite 20, and having then done the same, we go on to 21. And, all this while, the firm fixed row of the past and the future stretches in a block behind us, and before us.

The idea of time as a stream of course can also be found in Isaac Watts' paraphrase of Psalm 90 "Our God, Our Help in Ages Past" published in 1719 in his book *The Psalms of David Imitated in the Language of the New Testament*. The antepenultimate stanza of his Psalm 90 reads:

> *Time, like an ever rolling stream,*
> *Bears all its sons away;*
> *They fly, forgotten, as a dream*
> *Dies at the opening day.*

The twentieth-century French philosopher Henri Bergson joined the succession of thinkers who considered the problem of "time", which for his part he understood as a construct of subjective experience. "A newborn baby," according to Bergson in his *Time and Free Will*, "would not experience time directly; he would have to learn how to experience it."

In 1895 the greatest science fiction novel of time travel to date appeared—*The Time Machine* by H. G. Wells, and set a standard for the idea of time travel that would last, as you can see, more than a century. Like *Alice's Adventures in Wonderland*, it has never been out of print.

Wells does not tell the reader exactly what his time machine is:

> "Now, it is very remarkable that this is so extensively overlooked," continued the Time Traveller, with a slight accession of cheerfulness. "Really this is what is meant by the Fourth Dimension, though some people who talk about the Fourth Dimension do not know they mean it. It is only another way of looking at Time. THERE IS NO DIFFERENCE BETWEEN TIME AND ANY OF THE THREE DIMENSIONS OF SPACE EXCEPT THAT OUR CONSCIOUS-NESS MOVES ALONG."

And his description of his model time machine is not too detailed:

> The thing the Time Traveller held in his hand was a glittering metallic framework, scarcely larger than a small clock, and very delicately made. There was ivory in it, and some transparent crystalline substance.
>
> "Now I want you clearly to understand that this lever, being pressed over, sends the machine gliding into the future, and this other reverses the motion. This saddle represents the seat of a Time Traveller."

R. H. Hutton, literary editor of *The Spectator*, pointed out in his 13 July 1895 review of *The Time Machine* that:

> The story is based on that rather favorite speculation of modern metaphysicians which supposed *time* to be at once the most important of the conditions of organic evolution, and the most misleading of subjective illusions... and yet Time is so purely subjective a mode of thought, that a man of searching intellect is supposed to be able to devise the means of travelling in time as well as in space, and visiting, so as to be contemporary with, any age of the world or future, so as to become as it were a true "pilgrim of eternity."

And interestingly a letter published in *Nature* in 1885, and signed only with the single initial "S", had anticipatorily raised the idea of time as a fourth dimension:

> What is the fourth dimension?... I propose to consider Time as a fourth dimension... Since this fourth dimension cannot be introduced into space, as commonly understood, we require a new kind of space for its existence, which we may call time space.

Science fiction scholar Paul Kincaid observed of the time machine idea specifically that:

> The time machine allows not movement in time (we already live in time, and a novelist has always been able to set a story in any future or past), but transposition in time. It has introduced to science fiction the facility of anachronism, of looking at any one period through alien eyes. As such, it may be the most archetypal device in the genre.

And Roslynn Haynes commented on Wells' anticipation, as it were, of Einstein:

Apart from its powerful imagery *The Time Machine* is conceptually intriguing. Wells analyzes the idea of a time dimension, and once we accept the fantasy of travelling through time, he forestalls any philosophical objections. This is the more amazing when we consider that he originally wrote it seventeen years before publication of Albert Einstein's Theory of Special Relativity, the first scientific paper to address the concept of time as the fourth dimension. The descriptions of the machine's departure and arrival are wholly consistent with Einstein's illustration of the two clocks, one stationary and one moving.

Finally, Peter Nicholls claimed that "Wells in *The Time Machine* seems to have used the simplest of all models of time, in which it is seen as a river. The Time Traveller goes further and further downstream into the future." In 1900, the great novelist, and no mean critic, Henry James wrote to H. G. Wells to express his admiration for *The Time Machine* and said "You are very magnificent."

In Victor Fet's novel his time machine, which he calls "the Macchinetta"—not to be confused with a coffee machine of the same name, which had not been invented at the time in which he sets his he novel—is an improvement over the Wells' Time Machine in that it can transport/transpose two people rather than just one.

Victor Fet, the preeminent biologist, scorpion researcher, poet and translator, includes in this book more science than one usually finds in science fiction or other novels. He brings together, the well-travelled H. G. Wells himself, Charles

Darwin, Charles Lutwidge Dodgson* (that is, Lewis Carroll), John Dalton, and—*mirabile dictu*—Alice Pleasance Liddell—the Alice of *Alice's Adventures in Wonderland*!

In his seventy-second year, toward the end of his long life, Augustine wrote in his *Retractationes* (we might translate that title as "Reconsiderations") of his earlier *Confessiones* "What others think about these things is a matter for them to decide. Yet I know that they have given and continue to give pleasure to many." It is hoped that *Alice and the Time Machine* will give you as much pleasure reading it as Victor Fet had in writing it and his friends have had in reading it.

August A. Imholtz, Jr.
29 February 2016

---

* It is worth reminding the reader that Dodgson and his family pronounced the name ['dɒdsən] ("Dodson") and not ['dɒdʒsən] "Dodge-son").

Алиса и Машина Времени

СОДЕРЖАНИЕ

Глава I

Морские жёлуди и странный гость

Летом 1857 года, когда Алисе было пять лет, её отец, Генри Джордж Лидделл, недавно назначенный ректором оксфордского колледжа Крайст Чёрч, вывез всю семью отдыхать на уэльское побережье. Лидделл, его молодая жена, красавица Лорина, и пятеро их детей провели две недели в Лландидно, в одном из элегантных приморских отелей. Дети играли на берегу в волнах прибоя, а однажды все они посетили остров Англси; именно там Алисе впервые в жизни повстречались те странные существа, которые стали её увлечением, весьма необычным для маленькой девочки—морские жёлуди! Плотно усеивали они и скалы, и раковины, и гниющие доски разбитых кораблей; и недоброй славой пользовались они среди капитанов и владельцев парусного флота. Невзирая на протесты родителей, Алиса добилась разрешения увезти с собою в Оксфорд корзиночку устричных раковин, щедро усыпанных морскими желудями.

Каждый раз, возвращаясь на взморье, Алиса находила всё новые экземпляры этих необычных ракообразных животных. Сказочные единороги и грифоны казались Алисе бледной фантазией по сравнению с морскими желудями. Эти странные сидячие организмы питались невидимым планктоном, фильтруя морскую воду своими слабыми перистыми лапками, и в то же время толпами пересекали океанские просторы, путешествуя как пассажиры на ластах китов и на корпусах кораблей! Отец объяснил Алисе, что Англия сделалась великой морской державой только после того, как моряки научились обивать корабли медью, чтобы защитить их от обрастания морскими желудями. Попробовав на вкус медную монету—тяжёлый, блестящий пенни с профилем Её Величества и надписью "victoria dei gratia"—Алиса убедилась, что вкус металла действительно неприятен.

Увлечённость морскими желудями и аккуратные коллекции, которые Алиса составляла каждое лето, привели её в Музей естественной истории в Оксфорде, основанный в 1860 году. Там перед Алисой открылось бесконечное разнообразие морских существ. Кураторы музея научили её пользоваться микроскопом, и она с радостью помогала зоологам разбирать и определять экзотические коллекции. Там же Алиса повстречала и одного из лучших в мире специалистов по морским желудям—величайшего натуралиста своего времени, мистера Чарльза Дарвина.

В 1866 году Дарвину было уже пятьдесят семь лет. Он был прославлен своей нашумевшей книгой 1859 года *О происхождении видов путём естественного отбора*, где различия между живыми существами—например, между омаром и морским жёлудем—объяснялись их изменениями в ходе происхождения от общего предка. Такой механизм казался Алисе вполне очевидным, и ей было странно, что это простое наблюдение Дарвина вызвало столько споров.

Мистер Дарвин не занимал никакой университетской должности: он был независимым джентльменом-натуралистом. Состояние его здоровья более не позволяло Дарвину путешествовать; а коллекции, собранные им в 1830-х годах в течение знаменитой пятилетней экспедиции на паруснике "Бигль", хранились у Дарвина дома, в графстве Кент[1] недалеко от Лондона.

Как и сегодня, каждый раз, посещая Даун, где Дарвин поселился со своей семьёй в 1842 году, Алиса снова и снова углублялась "в колодец светлый микроскопа."[2] Как она мечтала увидеть экзотические острова и страны, где молодой Дарвин и другие натуралисты собирали этих животных! Гвиана и Антиллы, Санто-Доминго и Галапагосы! Алиса вздохнула, понимая, что четырнадцатилетняя девочка никак не может в одиночку отправиться в заморское путешествие, даже в пределах Британской империи. А с родителями она никогда не попадёт далее Лландидно или Ривьеры.

"Но может быть," думала Алиса, каллиграфическим почерком выводя латинские названия на этикетках для банок с морскими желудями, "когда я вырасту, я выйду замуж за молодого, талантливого и симпатичного натуралиста. Например, за ботаника. Вдвоём мы сможем объехать весь земной шар, собирая коллекции для музеев. Он будет собирать экзотические растения, а я—животных: прекрасное сочетание! Может быть, у нас даже будет свой небольшой корабль? Для этого, конечно, мой муж должен быть очень богатым, как мистер Дарвин. Это будет просто замечательно! Наши дети вырастут на борту корабля и будут помогать нам собирать коллекции. Я научу их всему, что я знаю о морских желудях..."

Погрузившись в свои мечты, Алиса не заметила, как в кабинет вошёл Дарвин. Он негромко кашлянул, и Алиса, встрепенулась: "Мистер Дарвин! Я не заметила, как вы вошли!" Она встала и сделала книксен, приветствуя Дарвина и вошедшего вместе с ним гостя—невысокого молодого человека с усами и голубыми глазами.

"Я вижу, Алиса, что ты занята," сказал Дарвин, "но если ты можешь уделить нам несколько минут, я хотел бы представить тебе моего особенного друга."

"Конечно!" ответила Алиса, глядя на нового посетителя.

"Алиса, это мистер Герберт Уэллс." Дарвин обратился с гостю, "Мистер Уэллс, это Алиса Лидделл, одна из дочерей Генри Лидделла, ректора колледжа Крайст Чёрч. Вам наверняка известно его имя как одного из авторов греческо-английского лексикона."

"Огромная и бесценная работа!" кивнул гость. Алиса протянула ему руку, и Уэллс бережно пожал её. "Я рад познакомиться с тобой, Алиса. Мистер Дарвин рассказал мне о твоём увлечении морскими желудями."

"Я рада познакомиться с вами," ответила Алиса с улыбкой. "Меня действительно очень интересуют морские желуди. Это совершенно замечательная группа животных. И мне так хотелось бы найти новый вид, ещё не описанный мистером Дарвином, но это чрезвычайно маловероятно!"

"О, я вовсе не удивлюсь, если ты сделаешь такое открытие," заметил хозяин дома и переменил тему разговора: "Алиса, мистер Уэллс прибыл из будущего." Эти слова прозвучали так же спокойно и обыденно, как если бы Дарвин сказал "Мистер Уэллс прибыл из Шотландии".

Алиса вскинула брови: "Из будущего? Но это невозможно! Вы шутите, мистер Дарвин—или, может быть, я вас неправильно расслышала?"

Дарвин улыбнулся. "Я тоже думал, что это невозможно. Странная вещь, не правда ли? У мистера Уэллса есть аппарат, позволяющий путешествовать в прошлое."

"Неужели?" рассмеялась Алиса. "Это похоже на волшебные сказки, которые придумывает мистер Додсон!"[3]

"Это вовсе не выдумка," возразил Дарвин. "Мистер Уэллс действительно прибыл из будущего, и он не в первый раз у меня в гостях."

Лицо Алисы приняло серьёзное выражение. "Мистер Дарвин," сказала она, "я знаю, что вы не станете меня обманывать... но насколько далеко возможно путешествовать в прошлое?"

"Не так уж далеко," ответил Уэллс. "Я всё ещё пытаюсь увеличить это расстояние—глубину моего погружения во Время."

"И на какую же глубину вам удалось погрузиться сегодня?" спросила Алиса.

"Я прибыл из 1898 года," ответил Уэллс.

Алиса с сомнением покачала головой: "В это трудно поверить, мистер Уэллс. Есть ли у вас какое-либо доказательство?"

Подумав, Уэллс достал из кармана горсть монет: "Вот пенни, отчеканенный в прошлом году. На нём стоит дата— 1897."

Он вручил Алисе новенькую бронзовую монету. Алиса внимательно рассмотрела её, и воскликнула в изумлении: "Я несомненно посчитала бы эту дату ошибкой монетного двора—но здесь изображена пожилая женщина! Кто это?"

Уэллс улыбнулся: "Так с недавнего времени принято изображать Её Величество, королеву Викторию. Ведь в 1887-м отмечалось пятьдесят лет её царствования." Он протянул Алисе ладонь с монетами. "Вот и 'юбилейный' шиллинг 1892-го. А вот золотой соверен 1872 года, ещё с профилем молодой королевы."

Алиса некоторое время молча изучала монеты. "Похоже, что я должна вам поверить," нерешительно сказала она. "Чудеса да и только, всё чудественнее и чудественнее... Значит, вы прибыли из 1898 года—это будет через тридцать два года, и я сама уже тогда буду старой дамой..."

"Ну, совсем не такой уж старой—но, конечно же, старше меня," улыбнулся Уэллс. "Мне сейчас как раз тридцать два года. В вашем времени я появлюсь на свет только в сентябре этого года. А сейчас я всего лишь крохотный зародыш в теле моей матери, по адресу: дом 47, Хай-стрит, Бромли."

"Бромли?" переспросила Алиса. "Но это всего лишь семь миль отсюда к северу!"

"Совершенно верно," согласился Уэллс. "Я вижу, с математикой и с географией у тебя всё в порядке!"

"Но я никогда не думала, что путешествие во времени возможно..." проговорила Алиса, всё ещё поражённая происходящим, медленно перебирая на ладони невероятные монеты из будущего.

"Я тоже не подозревал ничего подобного," вставил Дарвин. "Когда мистер Уэллс впервые появился здесь несколько недель назад, я отнёсся к его рассказам, как к бреду сумасшедшего шляпника. Тем не менее вот он перед нами, не тень и не призрак, а обычный человек из плоти и крови. Трудно поверить, я знаю, что нас может посетить гость из будущего, даже столь недалёкого, как 1890-е годы. Однако мистер Уэллс быстро убедил меня, что он говорит правду."

"Как же вы убедили мистера Дарвина?" обратилась к Уэллсу Алиса. "Вы показали ему ваши монеты?"

"Нет—я просто взял его прокатиться на своей Машине Времени!" широко улыбнулся Уэллс. "Недалеко, всего на несколько лет в будущее, а потом обратно."

Алиса нахмурилась. "Но не опасно ли это? Ведь вы могли заблудиться во Времени и никогда не найти дороги обратно!"

Уэллс кивнул: "Я понимаю теперь, почему мистер Дарвин говорил о тебе с таким уважением: ты чрезвычайно сообразительна для своего возраста! Да, опасность всегда имеется—как и в любом путешествии, дороги и тропы времени бывают сложными и скользкими."

"Время—загадочная субстанция," снова вмешался Дарвин. "Я познакомился с ним весьма близко, изучая горные породы и ископаемые организмы."

Алиса почувствовала, что её голова стремительно переполняется необыкновенными вопросами. "Скажите, мистер Уэллс, а можете ли вы встретить себя самого в прошлом или в будущем?"

"Да, это возможно, но никакой опасности в такой встрече нет."

"Почему же? Разве вмешательство в прошлое не может изменить ход последующих событий?"

"Очень грамотный вопрос!" ответил Уэллс, глядя на Алису со всё большим интересом. "Я уверен, что такое вмешательство действительно может изменить будущее. Надо быть чрезвычайно осторожным."

"Но каким же именно образом вы передвигаетесь во времени?" спросила Алиса. Её любопытство всё возрастало.

"Прошу прощения," сказал Уэллс, вставая, "я хотел бы кое-что принести из курительной комнаты."

"Конечно," кивнул Дарвин.

Уэллс возвратился через пару минут, держа в руках странный, громоздкий аппарат.

"Какой необычный микроскоп!" воскликнула Алиса. "Или же это какой-то другой научный прибор? Я вижу бронзовые и хрустальные детали. А вот слоновая кость! А для чего же все эти ручки, рычаги и линзы? И почему он гудит?"

"Это, Алиса, и есть мой аппарат," отвечал Уэллс, "своего рода кораблик, драгоценная маленькая машина, которая позволяет путешествовать во времени. Я назвал её 'Машинетта'. Работает она бесперебойно, но с ограничениями. Машинетта может перемещать не более двух человек—меня и ещё одного пассажира—на расстояние не более столетия назад, и возвращаться в будущее, но не далее моего собственного времени. Там, в 1898 году, Машинетта останавливается."

"Почему же она не может путешествовать дальше в будущее?"

"Я этого не знаю. Возможно, для меня моё будущее ещё не существует—а прошлое, очевидно, уже существовало. Но и в прошлое я не могу проникнуть слишком далеко! Достигнув наполеоновских времён, Машинетта так же резко останавливается и далее не идёт. Многое в этом аппарате для меня загадочно. Я совсем не понимаю, как он действует и на каком горючем работает…"

"Но источник энергии должен быть вам известен?" спросила Алиса.

"Нет; я только могу догадываться, что это какая-то форма магнетизма."

"Но разве не вы построили эту машину?"

"О нет, ни в коем случае!" воскликнул Уэллс. "Я окончил курс в Лондонском университете, но всё моё образование—степень бакалавра наук, и, между прочим, по зоологии! Я совершенно не разбираюсь в таких механизмах. Аппарат был мною обнаружен абсолютно случайно в антикварной лавке в Вест-Энде. Её владелец умер, и его вдова распродавала все скопившиеся редкости. Машинетта досталась мне за десять фунтов. Предназначение аппарата, конечно же, было неизвестно этой вдове, женщине довольно грубой, и она была рада от него избавиться. Я могу только предполагать, что этот предмет заброшен к нам из иной цивилизации, существующей в нашем мире или за его пределами. Возможно, он прибыл из будущего, или с какой-то планеты, о которой нам ничего не известно. Но тем не менее Машинетта доказывает, что путешествие во времени возможно! Может быть, это дар человечеству, предназначенный для того, чтобы позволить людям передвигаться в прошлое и будущее. Или же аппарат был трагически потерян неизвестным странником по времени..."

Алиса задумалась. "А может быть, сам этот странник сейчас затерян в прошлом и не может найти свой аппарат, чтобы вернуться в своё будущее?"

Уэллс пожал плечами: "Этого нам никак не узнать. Связаться с тем миром не в наших возможностях."

Дарвин вмешался в разговор: "За этим механизмом несомненно стоит математическая теория, далеко превосходящая Эвклида!"

"Мистер Додсон, насколько я знаю, не признаёт неэвклидову 'новую геометрию',"[4] осторожно заметила Алиса.

"Мистер Додсон—отличный математик и логик," с улыбкой ответил Дарвин, "однако все науки претерпевают развитие, и он может оказаться неправ. Я должен заметить, что первый визит ко мне мистера Уэллса вовсе не был случайным—он прибыл просить у меня совета! По его словам, моя книга 1859 года о происхождении видов станет необычайно популярна в последующие десятилетия."

"Да, это одна из самых важных и влиятельных книг, когда-либо написанных!" подтвердил Уэллс. "И мистер Дарвин сейчас работает над следующей книгой, ещё более революционного содержания."

"О чём же эта новая книга, если не секрет?" спросила Алиса.

"Конечно же, это не секрет," ответил Дарвин. "Я излагаю мои теории о развитии и изменении человека как биологического вида, о том, как он развивался в прошлом, и как изменится в будущем." Он улыбнулся. "Как же я был удивлён, когда ко мне явился за консультацией человек из будущего! Будущее—синоним прогресса, как и должно быть. Подумать только, какие блестящие технологические достижения вскоре развернутся перед человечеством!"

Алиса задумалась. "Но почему же вы решили всё это рассказать именно мне?" спросила она. "Ведь я—всего лишь девочка, которую больше всего интересуют морские жёлуди!"

"Это вовсе не так," возразил Уэллс. "В моё время, Алиса, ты не менее знаменита, чем мистер Дарвин! *Приключения Алисы в Стране чудес*, сказка, которую мистер Додсон сочинил для тебя и твоих сестёр, за тридцать лет разошлась в тысячах экземпляров! Почти каждый человек в Англии знает одну-две цитаты из книжки про Алису. На мой взгляд, это очень необычная, странная сказка."

"Да, вы правы, это очень странная сказка…" повторила Алиса. "Сказка, полная бессмыслиц—такие рассказывают маленьким детям, об эльфах и о феях… А в ней, между прочим, нет ни эльфов, ни фей… и вообще, может быть, было бы лучше, если бы её никогда не напечатали…"

"Почему? Что ты имеешь в виду?" воскликнули хором Уэллс и Дарвин.

"Понимаете ли," нерешительно ответила Алиса, "мистер Додсон был так любезен, что он опубликовал эту книгу под своим именем…"

"Но ведь он и есть автор этой книги?" недоумённо спросил Уэллс.

"Это не совсем так," вздохнула Алиса. "На самом деле эту сказку мистер Додсон ни мне, ни моим сёстрам никогда не рассказывал."

Теперь уже ни Уэллс, ни Дарвин ничего не могли понять. "Почему же тогда он называет себя автором?" спросил Дарвин.

"Чтобы защитить меня," ответила Алиса. "В тот летний день, 4 июля 1862 года, у меня было ужасное видение… Но вы лучше расспросите об этом мистера Додсона…" Она неожиданно всё вспомнила, и её глаза наполнились слезами.

"Ни слова более, Алиса!" воскликнул Дарвин. "Давай прервёмся здесь: судя по всему, мы должны услышать объяснения из первых уст. Кроме того, тебе пора возвращаться домой. Я вижу через стеклянные двери, как твоя гувернантка закрывает свою книгу—роман мисс Остин.

"Я сейчас же напишу мистеру Додсону в Оксфорд и приглашу его к обеду в следующую субботу. Вы оба, конечно, тоже приглашены! Я думаю, что разговор будет интересным. Вам, Уэллс," улыбнулся Дарвин, "я навряд ли смогу послать приглашение: Королевская почта не доставляет писем из 1866-го в 1898-й. Приходите в любом случае!"

"Могу вас уверить," ответил Уэллс, "что Королевская почта надёжно работает и в моё время, доставляя корреспонденцию по всему миру. Цивилизация немыслима без почтового сообщения! Я отмечу следующую субботу в своём календаре на 1866 год."

Глава II

Подлинная история Алисы

После обеда, где были поданы морской язык и черепаший суп, Алиса, Чарльз Додсон, Герберт Уэллс, а также пожилой джентльмен, представленный как мистер Джон Дальтон, последовали за Дарвином в его кабинет. Там все они удобно устроились в мягких креслах с высокими спинками. Две керосиновые лампы на столе Дарвина уютно освещали кабинет. По стенам были развешаны раскрашенные вручную гравюры—изображения экзотических животных, собранных Дарвином в его путешествиях по южным морям. Напротив стола висела гравюра на стали, изображавшая парусник "Бигль", борющийся с волнами на краю тайфуна—живое напоминание об опасностях, которым подвергались отважные путешественники.

Уэллс разместился по соседству со своей Машинеттой. Аппарат стоял на вытертом персидском ковре; его рычаги находились в выключенной позиции, а хрустальные блоки были темны.

"Благодарю вас всех за сегодняшний визит," негромко сказал Дарвин, усевшись за свой стол. "Я надеюсь, что обед пришёлся вам по вкусу."

Все согласно кивнули, а Уэллс добавил с чувством: "Великолепный обед, мой друг!"

Дарвин улыбнулся и обратился к Додсону: "Благодарю вас, мистер Додсон, за то, что вы прислали мне экземпляры вашей книги для мистера Уэллса и мистера Дальтона."

Додсон кивнул: "Мне, конечно же, интересно мнение такого учёного общества."

Дарвин обратился к Уэллсу и Дальтону. "Я надеюсь, что вы внимательно прочли эту книгу." Те кивнули в ответ. "Прекрасно," продолжал Дарвин. "От имени Клуба Времени—в котором до сегодняшнего дня состояли только мы трое—я рад приветствовать наших новых членов, мисс Алису Лидделл и её друга, мистера Чарльза Додсона. Мистер Уэллс сегодня привёз на нашу встречу мистера Дальтона из 1832 года. Мистер Дальтон живёт в Манчестере; кстати, он хорошо знает моего деда, доктора Эразма Дарвина."

"Простите, как вы сказали?" неуверенно переспросил Додсон. "Из 1832 года?"

"Да, именно так. Мистер Дальтон прибыл из прошлого."

"Что это за ерунда!" возмутился Додсон. "Зачем вы меня разыгрываете?"

"Я говорю вполне серьёзно," улыбнулся Дарвин. "У мистера Уэллса имеется аппарат для путешествий во времени. Он может перемещаться в прошлое и доставлять оттуда гостей."

Додсон пожал плечами и с подозрением взглянул на Дальтона. "Вы утверждаете, что вы—тот самый Джон

Дальтон из Манчестера, основатель современной теории атомного строения вещества?"

"Он самый," кивнул Дальтон. "Я знаю, что поначалу в это трудно поверить."

Додсон оглядел присутствующих и внезапно вскочил с места. "Да вы тут все—сумасшедшие!" воскликнул он. "Я не хочу находиться в обществе безумцев!"

"Подождите!" остановил его Дарвин. "Мы убедим вас в том, что путешествие во времени возможно. Это не так уж сложно. Что, если мистер Уэллс вернёт вас, скажем, в 1837 год, когда вам было пять или шесть лет? Вы ведь, кажется, родом из Дарсбери?"

"Это верно," ответил Додсон. "Кто бы не хотел вернуться хотя бы на миг в своё детство?... Но вы разыгрываете со мною какую-то неуместную шутку!"

"Если вас доставят во времена вашего детства, поверите ли вы тогда, что путешествие во времени возможно?" спросил Дарвин.

"Тогда у меня, конечно, не будет другого выхода!"

Дарвин повернулся к Уэллсу. "Мистер Уэллс, можете ли вы отвезти мистера Додсона в Дарсбери, лет на тридцать назад?"

"Конечно," кивнул Уэллс. "Промахнуться будет трудно: мы просто будем следовать вдоль его жизненной линии."

"Сколько это займёт времени? У нас есть всего несколько часов, прежде чем Алисе надо будет возвращаться домой в Оксфорд. Её гувернантка станет беспокоиться."

"Не более двадцати минут, туда и обратно." Уэллс нагнулся к Машинетте, стоявшей возле его кресла. Хрустальные блоки зажглись изнутри голубоватым светом. Из таинственной машины послышалось негромкое гудение. "Мистер Додсон, будьте добры подойти к аппарату," сказал Уэллс. "Возьмитесь вот за этот поручень. Держитесь покрепче—и, что бы ни случилось, не отпускайте его! Мне не хотелось бы потерять вас в глубине Времени." Он проделал какие-то манипуляции с рычагами аппарата. "Готовы?" спросил он Додсона. Тот скептически пожал плечами: "Готов." Через две секунды оба они внезапно и бесшумно исчезли. Дарвин следил за временем по своим карманным часам.

Ровно через пятнадцать минут Машинетта и оба путешественника возникли в воздухе на высоте около двух футов. Они плавно опустились на то же место, где стояли ранее. Додсон сотрясался от неудержимых рыданий.

Дарвин бросился к нему: "Мистер Додсон! Что с вами? Вам плохо?"

Не в силах произнести ни слова, Додсон помотал головой. Прошло несколько минут, и только тогда он, заикаясь, смог выговорить сдавленным голосом: "Я действительно оказался в Дарсбери... и я увидел самого себя!... Мне было пять лет... я играл с моими сёстрами... в поле возле нашего дома! А потом, 'продолжал он сквозь рыдания,' я увидел мою матушку... совсем молодую... в солнечный летний день... Что это за волшебство, что за спиритический сеанс? Какие феи вам служат?"

"А вы, мистер Додсон, верите в фей?" спросил Дарвин.

"Да, конечно!"

"Тогда вы здесь в меньшинстве," улыбнулся Дарвин. "Мы—учёные-натуралисты, и мы не верим ни в фей, ни в волшебство, ни в спиритизм. Вы просто совершили путешествие во времени, вдоль траектории своей жизни, в своё собственное детство."

"Возможно ли это?" воскликнул потрясённый Додсон.

"Как видите," кивнул Дарвин. "И это дело вовсе не наших рук, а необыкновенного технического аппарата. Теперь вы убедились, что мы говорим правду?"

Додсон нерешительно кивнул. "Со мной никогда не случалось ничего подобного... Можно ли повторить это необычайное путешествие?"

"Простите, но это никак невозможно!" строго отвечал Дарвин. "Мы не в салоне, где дышат веселящим газом. Нам некогда развлекаться. Мы собрались сюда по важному делу, и нам нужна ваша помощь."

Додсон, у которого всё ещё голова шла кругом от потрясения, обратился к Джону Дальтону. "Так значит, вы, сэр—действительно знаменитый химик Дальтон? Я в глубоком восторге от числовых комбинаций, от тех правил природы, которые вы обнаружили! Как прекрасна сама идея атомов—невидимых, мельчайших частиц, из которых составлено всё существующее!"

Слово "атом" было знакомо Алисе по урокам греческой истории. Интересно, подумала она, похожи ли атомы Дальтона на атомы Парменида—или, может быть, это был Демокрит? А мистер Додсон, подумала Алиса, похож на молодого Платона. Она попыталась представить его гуляющим на Агоре под Парфеноном, верным учеником Сократа. Бородатый Сократ, должно быть, походил на Дарвина.

"Очень элегантная и умная система!" возбуждённо продолжал Додсон. "Если только она верна, сам Пифагор был бы в восхищении! Жаль, что он не увидит, как современная наука воплотила его числовую магию, его музыку сфер, которая сродни каббализму!"

"Я слышал," заметил Дарвин, "что Джон Ньюлендс из Королевского химического колледжа недавно выдвинул так называемый 'Закон октав.' Он описывает соотношения элементов подобно музыке! Весьма в духе Пифагора!" Он пожал плечами и обратился к Уэллсу. "Подтвердились ли эти странные теории в 1890-х годах?"

"Они подтвердились," кивнул Уэллс, "и более того! В ваше время над Ньюлендсом смеются, но его заслуги будут признаны позже, когда подобные результаты появятся в Германии и в России. Один русский химик предложит так называемую 'Периодическую систему элементов.' Все свойства химических веществ объясняются их положением в столбцах и строчках, наподобие шахматной доски! Я не вспомню сейчас имя этого учёного, но, по слухам, он увидал свою таблицу во сне—в готовом и упорядоченном виде!"

Додсон улыбнулся. "Отлично! В точности как в числовых загадках! Я склонен верить в магию чисел. Я думаю, что даже наши игры—более чем игры. Гармония природы— или по крайней мере той её части, которую мы способны понять—должна строиться на числах и на их комбинациях! В этом есть твёрдая логика—так же, как в геометрии Эвклида, которая правит миром." Он повернулся к Дальтону. "Восемнадцатый век заслуживает похвалы за открытие простых законов природы!"

"Не надо идеализировать моё время," хмуро отвечал Дальтон. "У нас были свои соблазны, и многих испытаний мы не выдержали. Я не хочу выглядеть старым педантом, но было бы чрезвычайно неразумно, если бы дальнейшие поколения продолжали повторять наши ошибки."

"Прошу прощения, джентльмены, но мы должны вернуться к предмету нашей встречи," сказал Дарвин, "иначе наш разговор так и будет бродить по кроличьим норкам." Он обратился к Алисе. "Не желаешь ли ты, Алиса, покинуть кабинет на время обсуждения? Судя по тому, что написал мне мистер Додсон в ответ на моё приглашение, может быть, тебе будет неприятно снова переживать необычные события того июльского дня?"

"Спасибо, но я предпочла бы остаться," ответила Алиса. "Прошло уже четыре года, и я теперь достаточно взрослая, чтобы слышать всё, о чём вы будете говорить. Наша тайна открылась, и я этому даже рада. Мне интересно, что обо всём этом думают такие знаменитые учёные. Мистер Уэллс говорит, что весь мир тридцать лет спустя знает и любит эту сказку о Стране чудес. А я вот никогда не могла понять, что же в ней такого привлекательного.”

“Мистер Додсон!” проговорил Дальтон. “Я не хотел бы вас обидеть, но я выскажу прямо то, что думаю. Мне странно, что цивилизованное человечество будущего забавляется такой пустой бессмыслицей. Ведь ваша книга о приключениях Алисы в подземном царстве полна такой чепухи! Все эти странные игры со словами, что в них забавного? Это просто кошмарная фантазия из детского сна!”

“Эта книга и вправду полна бессмыслицы,” осторожно заметил Додсон, не желая вступать с Дальтоном в спор, “но эта бессмыслица проистекает от отсутствия логики или же от неправильного её использования. Это, если угодно, логическая бессмыслица. Она видна даже детям, а им часто нравится шутливое нарушение логических правил. Логическая бессмыслица чрезвычайно отличается от ‘чистого’ нонсенса, от всех этих лимериков и вымышленных словосочетаний! Я сам был удивлён тем, насколько популярны стали *Приключения Алисы* за несколько месяцев, прошедших со времени публикации! Говорят, что даже сама королева Виктория прочитала эту книжку. Должно быть, такой вид нонсенса привлекает людей именно потому, что в нём нарушаются логические правила нашей реальности и нашего языка!”

“Ваше нынешнее общество уделяет слишком много внимания играм и развлечениям,” мрачно возразил Дальтон. “Я не имею ничего против нормального отдыха, скажем, охоты или же садоводства. Однако мне странно видеть взрослых англичан, по-детски увлечённых всевозможными загадками, шарадами и театральными маскарадами! Ваши изобретатели в последние годы создали столько различных приспособлений, которые используются для того, чтобы убить время, вместо того, чтобы его сохранить! Помилуйте, мистер Уэллс рассказал мне, что в его время уже изобретены двигающиеся картины—до этого, конечно же, первыми додумались французы! Нетрудно себе представить, что скоро никто уже не будет ни читать, ни писать. Можно будет просто сидеть и смотреть на прыгающие карикатуры из 'Панча'! Люди станут сидячими фильтрами, в точности как твои морские жёлуди, Алиса! Вспомните эту странную фразу из *Приключений Алисы*: *'Здесь всегда время пить чай, и никогда нет времени мыть посуду'*... Такова, значит, картина нашего будущего? Вот уж действительно *stuff and nonsense*, сплошная бессмыслица!"

"Вернёмся же к самой книге!" сказал Дарвин. "Как мы знаем, все считают её забавною выдумкой для детей, фантазией мистера Додсона. В книге использован традиционный литературный приём—сон. Сам Шекспир пользовался этой формой—*Сон в летнюю ночь* и так далее. Однако теперь мы знаем, что *Приключения Алисы в Стране чудес*—это вовсе не литературная фантазия, изложенная в форме детского сна!" Дарвин повернулся к Додсону. "Мистер Додсон, будьте добры, поведайте нам подлинную историю этого текста."

Додсон вздохнул и вынул толстую тетрадь в кожаном переплёте. "Я благодарю вас, джентльмены," сказал он, "за то, что вы пригласили меня и мисс Лидделл встретиться с вами—и прежде всего за ваше доверие. В течение четырёх лет нам приходилось скрывать истинное происхождение *Приключений Алисы*. И вот, наконец мне представилась возможность рассказать об этом необычайном происшествии. 4 июля 1862 года, во время лодочной прогулки, мы устроили пикник на берегу, на том участке Темзы возле Оксфорда, где она называется Айзис. Шёл дождь, и мы укрылись от него. В этот момент с Алисой произошло нечто необыкновенное. Она испытала своего рода видение, исключительно яркое и продолжительное, которое сопровождалось ясным и подробным изложением увиденного. Алиса лежала на траве, голова её покоилась на коленях сестры. Глаза Алисы были широко раскрыты. Было очевидно, что она находилась в глубоком трансе, и вдруг она начала говорить. Мы услышали размеренное и ясное повествование, как если бы Алиса повторяла со сцены заученную театральную роль.

"Поразительно, что никто из нас не испугался—ни я, ни сёстры Алисы, ни сопровождавший нас мой друг Робинсон Дакворт. Никто не попытался остановить её; никто не встревожился и не стал звать на помощь. В течение нескольких часов речь Алисы лилась ровно, как затверженный школьный урок!

"Все слушатели, казалось, были очарованы. Мы безмятежно внимали потоку ярких и странных образов, который обрушивался на нас. Падение в кроличью норку; волшебный сад; магические уменьшения и увеличения Алисы; море слёз; гигантские грибы и говорящие синие гусеницы—все эти невероятные, сугубо детские бессмыслицы! Я с самого же начала схватил свою тетрадь и принялся записывать речь Алисы; к счастью, я хорошо владею стенографическим методом записи.

"Вот эта тетрадь! Я принёс её сюда, чтобы показать вам. Моя запись этого невероятного текста начинается со слов: *'Мимо меня только что пробежал Белый Кролик с розовыми глазами. В этом нет ничего удивительного...'*

"Алиса продолжала говорить—вернее, диктовать—без остановки в течение почти трёх часов! Наконец, она произнесла слова, которыми завершается моя запись: *'Вы всего лишь колода карт!'* "Сразу после этого Алиса очнулась. Она вскрикнула,—испуганно и в то же время сердито,—села и сказала: 'Какой странный сон я видела!' Она почти потеряла голос, и её долго отпаивали чаем, с булочками и вареньем.

"К этому времени все уже устали, все хотели пить и есть—никто, конечно, не пил чая, пока Алиса говорила. Сама Алиса не помнит почти ничего из своего видения. Даже сейчас, по её словам, текст книги кажется ей чуждым и скучным. Она редко её перечитывает, и говорила мне, что все эти бессмыслицы никогда не казались ей забавными... В этом она, конечно, расходится с большинством читателей, которым книга нравится. Судя по тому, что нам рассказал мистер Уэллс, книга останется крайне популярна в течение многих лет."

"Вот и всё, что произошло в действительности в тот летний день," закончил Додсон. "Мы хранили это событие в тайне по понятным причинам. Теперь я хотел бы услышать ваше мнение, джентльмены."

"На мой взгляд, возможно вполне естественное объяснение этого феномена," задумчиво сказал Дарвин. "Описанные в книге превращения Алисы—например, изменения её роста, длины шеи или ног, хорошо известны в медицинской литературе под названием *метаморфопсия*.[5] Это—обычный галлюцинаторный эффект. Он может быть вызван инфекцией, мигренью, пищевым отравлением. И, конечно же, поедание или вдыхание определённых видов грибов вызывает всевозможные подобные видения."[6]

"Но я была совершенно здорова!" возразила Алиса. "У меня не было никакой мигрени, и никаких грибов я не ела и не вдыхала! Вся еда в наших корзинках, приготовленных для пикника, была совершенно нормальной. Мисс Прикетт постоянно следит за тем, чтобы мы не ели ничего подозрительного!"

"День был жарким, и тебя потянуло ко сну," заметил Дарвин. "Даже изменения в температуре воздуха сами по себе могут влиять на функции мозга, которые чрезвычайно зависят и от кровяного давления, и от сердцебиения. Я, конечно, не врач, но я провёл в своей юности два года в Эдинбурге за изучением медицины. И в моих путешествиях я встречал неоднократные случаи галлюцинаций среди моряков и туземцев. Кроме того, я изучаю эмоции животных и человека, и у меня собрана обширная картотека всевозможных аномальных проявлений. Возьмём, к примеру, ощущение падения—в твоём случае, падение в кроличью норку, которое необычайно ярко и подробно излагается на четырёх страницах книги." Дарвин раскрыл книгу на первой главе. "*...Вниз, вниз, вниз... четыре тысячи миль вниз... я пролечу насквозь через Землю!*

"Подобные видения не раз отмечались в медицинской практике. Хотя я и не могу полностью исключить влияние определённых химических веществ в твоей еде или питье, оно даже не обязательно. Человеческий организм может испытывать галлюцинации в результате простого убеждения. В молодости я сам наблюдал действия шаманов в Южной Америке. Они постоянно используют то, что мы в широком смысле называем гипнозом."

"Я сомневаюсь в этом," сказал Дальтон. "Рядом с Алисой не было никакого гипнотизёра, подобного шаману или друиду."

"Любопытно вот что," сказал Уэллс, листая свои заметки. "Прошу прощения, Алиса, но в нашей краткой беседе перед обедом мистер Додсон сообщил нам, что транс, в который ты впала в тот летний день, он всегда считал, и до сих пор твёрдо считает, медиумическим контактом. Он имеет в виду коммуникацию с неким сверхъестественным миром—или, как он это называет, с миром фей."

Алиса улыбнулась. "Я знаю," сказала она. "Мистер Додсон верит в фей—как и многие взрослые. Взрослых всегда огорчает, когда дети считают это пустой фантазией. Ведь дети перестают верить в Санта-Клауса задолго до того, как родители найдут в себе силы сказать им, что это выдумка. И мы притворяемся, что всё ещё в него верим, чтобы их не разочаровывать..."

Все повернулись к Додсону. Заикаясь от волнения, он отвечал, защищая свои взгляды: "М-м-многие образованные и уважаемые люди твёрдо верят в существование сверхъестественного мира. Существуют многочисленные примеры медиумических контактов. Возьмите известные работы месье Кардека во Франции, или опыты той знаменитой американской дамы-медиума, посетившей Лондон более десяти лет назад. Месмеризм является признанной частью естественных наук!

"Конечно же, наши знания об этих мирах пока ещё совершенно ничтожны. То, что мы называем эльфами, феями или лепреконами, отчасти может быть отражением, манифестацией сверхъестественных миров. Такое отражение, очевидно, принимает фольклорную форму. Видение, испытанное Алисой, может быть сродни тем, что имели старинные певцы и барды, такие, как Томас-Рифмач. Контакты с иными мирами, несомненно, и порождали народную поэзию!"

"Да неужели же вы, сэр, полностью отрицаете человеческую фантазию?" с негодованием воскликнул Дальтон. "Вы хотите, чтобы мы уверовали в кельтских древесных духов? Чтобы мы, как суеверные древние греки, воображали прекрасную нимфу или козлоногого фавна за каждым кустиком? Я-то думал, что к 1860-м годам Англия

давно уже избавилась от таких наивных и дикарских
верований. Оставьте их для своих детских сказок!"

"Но я вовсе не отрицаю силу воображения, напротив!"
отвечал Додсон. "Я только предполагаю, что волшебные
сказки и истории, подобно платоновым идеям, существуют
в параллельном мире, или мирах—в этих таинственных
Авалонах, которые касаются нашей действительности и
пересекаются с нею, как трёхмерные геометрические
фигуры. Вера в сверхъестественные миры настолько обыч-
на у всех народов, что наверняка за ней стоит какая-то
другая реальность!

"Взгляните на весь духовный труд множества поколений, на песни и легенды, которые столетиями складыва-
вались и пелись в особенных, чувствительных точках
нашего мира—как может всё это исчезнуть без следа?
Наши песни и сказки—сродни молитвам, они должны принадлежать к особым видам более тонкой материи, состав
которой нам неизвестен. Даже в спиритических сеансах
мы ещё не знаем, что именно происходит—настолько
неустойчивы их условия в каждом отдельном случае.

"Я знаю, что моя Церковь не одобряет подобных
взглядов. У католиков в катехизисе есть даже запрещение,
что-то насчёт гадания и разговоров с духами. Я сам ношу
сан священника; но именно поэтому я и не могу легко
отрицать существование сверхъестественных миров—
миров верований и чудес. В конце концов, у нас имеется
Откровение Иоанна Богослова; имеются древнееврейские
пророчества в Ветхом Завете. Почему бы и не существовать разнообразным мирам, которые управляются
Провидением, но недоступны нашим чувствам?"

Возбуждённая тирада Додсона осталась без прямого
ответа. В кабинете Дарвина наступила тишина. Уэллс
спокойно курил трубку. Дальтон пожал плечами и

раскрыл свой экземпляр *Приключений Алисы в Стране чудес.*

У Алисы между тем уже кружилась голова—и от табачного дыма, и от сложности разговора. После-обеденная беседа внезапно выросла в серьёзный диспут—намного серьёзнее, чем любые застольные разговоры взрослых, когда-либо ею слышанные.

"На свежий воздух!" воскликнул Дарвин. Он схватил с полки бронзовый колокольчик, наподобие того, каким учителя объявляют о перемене, и зазвонил в него. "Нам необходимо прерваться и подкрепиться. Чай подан снаружи на лужайке, а с ним булочки и взбитые сливки. Найдется и капелька более крепкого напитка для взрослых гостей, независимо от того, верят ли они в существование фей. Мы продолжим наше обсуждение через час, а до тех пор—никаких серьёзных разговоров!"

Глава III

Глазные яблоки мистера Дальтона

Отдохнув и перекусив, члены Клуба Времени вернулись в кабинет Дарвина. Усевшись за свой рабочий стол, хозяин кабинета объявил: "Полученные новые сведения об истинном происхождении текста, известного нам как *Приключения Алисы в Стране чудес*, требуют тщательного анализа. Судя по всему, этот текст проистекает из некоего неизвестного нам источника, для которого мисс Лидделл сыграла роль медиума, подобно Пифии в её дельфийском трансе. В таком случае, мы должны попытаться понять истинное происхождение и суть этого текста, который на первый взгляд представляется хорошо придуманною бессмыслицей. Какая причина вызвала состояние транса, в которое впала Алиса? Почему это пространное послание было направлено именно Алисе, а не кому-либо другому? Кто и откуда его отправил? Перед нами стоит множество вопросов.

Давайте же прежде всего решим, с чего начать наше обсуждение!”

Додсон понимал теперь, о чём идёт речь. Конечно же, как только вскроется истинное происхождение истории про Алису, не будет конца гипотезам и интерпретациям этого психического феномена. Не лучше ли было бы продолжать хранить истину в тайне от читателей, делая вид, как раньше, что текст книги является порождением его собственной фантазии?

Наконец, Додсон решился перебить Дарвина. “Прошу прощения, мистер Дарвин,” произнёс он. “Я должен сделать ещё одно серьёзное признание. Я надеюсь, что все вы сохраните конфиденциальность всего, что я вам сегодня расскажу.”

“Конечно же,” отозвался Дарвин, “мы, несомненно, сохраним ваши рассказы в тайне.” Он окинул взглядом присутствующих. Все кивнули в знак согласия. “Продолжайте же, мистер Додсон!”

Додсон обратился прежде всего к Алисе. “Алиса, дорогая моя: ввиду серьёзности обсуждаемого предмета, наши друзья должны узнать все обстоятельства, а не только первую часть событий, которая относится к 1862 году.”

Он повернулся к Дарвину. “Дело в том, что первоначальное послание, полученное Алисой в июле 1862-го, было намного короче моей книги, которую ‘Макмиллан’ опубликовал в 1865 году. Текст был дополнен мною после второго послания, полученного Алисой. В 1863 году она снова впала в состояние транса—во второй и в последний раз!

“Я соединил эти два послания, и таким образом возникла книга, опубликованная мною: она почти вдвое длиннее, чем изначальный текст 1862 года. В книгу вошли несколько дополнительных глав, в том числе и Глава Седьмая, которую я назвал ‘Безумное Чаепитие’. Таким образом, опубликованый текст составлен из двух независимых посланий, полученных и продиктованных Алисой. От себя я не добавил ничего, кроме правописания, грамматики и знаков препинания; возможно, я заменил пару слов."

"Но каждое слово может иметь значение!" воскликнул Дарвин.

"Я понимаю," ответил Додсон. "Не беспокойтесь; я редко что-либо выбрасываю. У меня хранятся все черновики и точные записи всех поправок. Я храню один из забракованных экземпляров книги 1865 года, из тех, что были мне возвращены издателем, и делаю все поправки в этом тексте. Я могу одолжить вам этот экземпляр—конечно же, с возвратом."

Дарвин вздохнул с облегчением: "Я уже начал волноваться, мистер Додсон. Благодарю вас; я, конечно, же, верну вашу книгу. Мы все, несоменно, хотели бы узнать от вас подробности об обстоятельствах второго послания. Не могли ли бы вы рассказать об этом?"

"Да, конечно," ответил Додсон. "Это произошло в 1863 году. У меня имеется фотографическая студия в Оксфорде, этажом выше моей квартиры, оборудованная всевозможными тканями, мебелью и декоративными предметами. На стене в этой студии тогда висела старая и выцветшая театральная декорация, изображавшая волшебный лесной пейзаж. Я купил его у кредиторов Лондонского Городского театра на Нортон-Фолгейт, после того, как этот театр закрылся. В то же время я приобрёл маску из папье-маше, также довольно потрёпанную, но вполне пригодную. Это была ослиная голова ткача Основы из *Сна в летнюю ночь*. Всё, что мне надо было—это найти подходящую Королеву Фей и кого-нибудь, кто согласился бы надеть ослиную голову. Я, конечно же, сразу подумал об Алисе в роли Титании, и уговорил Дакворта напялить маску осла. Алису я одел в костюм Королевы Фей.

"Мисс Прикетт привезла Алису в условленное время в мою студию, во второй половине дня. Поутру погода была ясной, солнце светило в просторные окна студии, и условия для съёмок были идеальными. Однако к тому времени, как все были одеты и готовы, над Оксфордом собралась гроза, и стало слишком темно. Мы решили подождать с полчаса, надеясь, что солнце появится снова. Внезапно за окном раздался оглушительный раскат грома, и одновременно с ним вспыхнула яркая молния. Этого было достаточно, чтобы привести Алису снова в такое же состояние транса, какое мы наблюдали предыдущим летом. Я сразу же понял это, услышав странный тон её голоса. Я схватил карандаш и блокнот, который я держал в студии для записи дат, имён, выдержки и прочих технических условий съёмки. В течение следующих трёх часов я стенографировал всё, что размеренно, как театральную роль, произносила Алиса.

"Это было продолжение той же самой истории! Новые подземные приключения, странным образом дополненные и перемешанные, с новыми необыкновенными персонажами и новой игрой слов! Как будто мои рукописные *Приключения Алисы под землёй*—тот расшифрованный текст, который я подарил Алисе в 1862 году как свидетельство этого необычайного происшествия—отразились в другом мире! Как будто их продолжение или дополнение было снова послано Алисе, с необыкновенной точностью и упорством! Я никогда не слышал, чтобы такое случалось на спиритических сеансах.

"Я соединил два послания в одно. Этот объединённый текст и стал опубликованной версией *Приключений Алисы в Стране чудес*. Моему перу там принадлежат только стихотворное посвящение в начале, и, конечно, последние страницы, где сестра Алисы видит её сон в своём воображении…"

"Таким образом," заговорил Дарвин после того, как Додсон окончил свой рассказ, "можно считать, что опубликованный текст представляет собой достаточно точную комбинацию двух посланий, которые Алиса получила с разрывом примерно в один год?"

"Да, это именно так."

"Насколько я понимаю," продолжал Дарвин, "в Вашей студии в 1863 году присутствовало ещё двое взрослых, а значит, имеются свидетели обоих странных событий?"

"Да," кивнул Додсон. "В 1862 году свидетелем был мой друг Робинсон Дакворт. Двое сестёр Алисы тоже присутствовали при этом, но они были слишком малы тогда, и вряд ли годятся в свидетели. В 1863 году в студии находились Дакворт и мисс Прикетт. Когда Алиса пробудилась от транса, мы объяснили ей, что случилось, и обнаружили, что она, как и в первый раз, не запомнила почти ничего из своего видения. Мы решили, как и в 1862 году, что будем хранить истинное происшествие в тайне, чтобы не повредить репутации Алисы. Само собой, мы не хотели давать даже малейшего повода к тому, чтобы возникло подозрение в её психическом нездоровье."

"Удалось ли вам в итоге сделать фотографию?" спросил Дарвин.

"Нет; солнце так и не вернулось, и освещение было неподходящим."

"А что случилось с лесной декорацией и с маской Основы?"

"Я их выбросил несколько лет назад. Они уже были порядком истрёпаны и только занимали место в студии."

"Судя по этим признаниям," сказал Дарвин, "мне кажется, что мы можем подходить к имеющемуся у нас тексту *Приключений Алисы в Стране чудес* как к естественному—а может быть, даже сверхъестественному—феномену. Мы можем подвергнуть его анализу как единое послание, происходящее из одного и того же источника—подобно тому как это делается с древними рукописями или вавилонскими клинописными табличками.

"Ещё до того, как нам стало известно истинное происхождение книги, я попросил мистера Уэллса и мистера Дальтона хорошенько взглянуть на этот текст, и попытаться отыскать в нём какие-либо ключи—ключи, которые бы объяснили нам смысл этого послания. Смысл этот, честно говоря, пока никому из нас не ясен. Будьте любезны, мистер Дальтон, сообщите нам о своих наблюдениях."

"Я просмотрел весь текст, обращая особое внимание на некоторые слова," начал Дальтон, достав свои заметки. "Хотел бы я иметь аппарат, который сам отыскивал бы слова в тексте! Результаты мои весьма интересны, и в определённом смысле загадочны. Я уделил особое внимание слову 'wonder', в любой грамматической форме и в любом контексте, и вот что я обнаружил:

"В тексте *Приключений Алисы* имеется двадцать упоминаний глагола 'to wonder'—'удивляться', 'недоумевать'. Все они обозначают чувство растерянности, большей частью в невесёлых ситуациях, и ни разу не употреблены в ситуациях радостных, позитивных. Из двадцати упоминаний, одиннадцать раз глагол употреблён в первом лице, 'I wonder', т.е. 'странно', 'непонятно'.

"Далее. Само слово 'Wonderland', т. е. 'Страна чудес', в книге также почти не употребляется! Это слово не является истинным названием волшебной подземной страны, в которую попадает Алиса. Никто из персонажей книги его не использует. Более того, существительное 'wonder', т.е. 'чудо', в книге вообще не встречается! Нет в ней и прилагательных от того же корня, имеющих смысл 'чудесный' ('wonderful' или 'wondrous')—да и по правде сказать, в ней нет никаких существ или событий, которые стоило бы так назвать. Слово 'wonder', конечно же, германского корня: способного ребёнка немцы называют 'вундеркинд'. Синонимы латинского происхождения—это 'miracle' или 'marvel', также обозначающие по-английски 'чудо', но я не нашёл в книге ни единого употребления этих слов или производных от них. Причина этого проста: в тексте *Приключений Алисы* нет ничего, что можно было бы назвать 'чудесным'—т.е., 'miraculous' или 'marvellous'. 'Wonderland', таким образом, вовсе не является страной 'чудес'!

"Имеется, впрочем, небольшой фрагмент в самом конце, добавленный, как мы знаем, мистером Додсоном. Именно там утверждается, что Алиса видела сон, и даже объясняется, что она рассказала этот сон своей сестре. Это, конечно, достаточно неуклюжий литературный прием—ведь пересказ сна занял бы ещё много часов на том же речном берегу в 'золотой полдень'! Именно в этом постскриптуме, и только там, дважды использовано слово 'Wonderland', да ещё дважды встречается слово 'wonderful'. (Ну и, конечно, 'Wonderland' имеется в заглавии, которое, как нам известно, дал книге редактор.) Таким образом," закончил своё сообщение Дальтон, "в тексте, продиктованном Алисой, нет никаких чудес—и никакой Страны чудес."

"Да и страна ли это вообще?" задумчиво спросил Уэллс. "Любая традиционная сказка начинается с карты. Дети любят географические карты, особенно карты воображаемых стран. Мы все в детстве рисуем такие карты; я и сам их рисовал в большом количестве. Однако *Приключения Алисы* чрезвычайно неясны во всём, что касается расстояний и топографии. Нарисовать карту Страны чудес на основании этого текста почти невозможно! Расстояния здесь не определены. Имеется кроличья норка, потом три дома (дом Белого Кролика, дом Герцогини и дом

Мартовского Зайца), потом имение Королевы (где есть по крайней мере сад, площадка для игры в крокет и здание суда). Также наличествует морской берег, где живёт Псевдо-Черепаха. Вся 'страна' составлена из нескольких фрагментов, как во сне и без всякой логики. Напротив, волшебная сказка всегда логична. В ней путешествие героя всегда чётко определено, все опасности и награды описаны и привязаны к местности. Так что я не вижу здесь никакого сходства с фольклорными историями, или же с песнями древних бардов и поэтов, как предполагал мистер Додсон.

"Большинство персонажей в тексте—карточные фигуры: Червонная Королева (а точнее сказать, Дама), затем Червонные Король, Валет и прочие. В то же время имеется Герцогиня, у которой нет эквивалента в карточной колоде: она напоминает игрушечного солдатика в коробке с шахматами. Помимо метаморфоз самой Алисы, в тексте нет почти никаких превращений (наиболее странное и в то же время комическое—превращение младенца в поросёнка!). Нет здесь и сколько-нибудь серьёзного волшебства, ни злого, ни доброго; ни чёрной, ни белой магии. Нет ни сокровищ, которые нужно отыскать, ни злодеев, которых нужно покарать в конце. Нет ни эльфов, ни фей—а что проку в сказке, в которой нет ни эльфов, ни фей? Если этот текст—послание из мира духов, то мир этот представляется чрезвычайно обеднённым!"

Додсон, человек чувствительный, не знал, что и ответить на такую резкую критику. Будь он и в самом деле автором *Приключений Алисы*, он бы, конечно, населил Страну чудес феями, эльфами, или гротескными немецкими профессорами, или выдумал бы благосклонного джинна, который повиновался бы нелепым, но поэтическим заклинаниям. Однако необычайный текст послания Алисы был загадочен даже для него; он был полон ошеломляющих, кошмарных бессмыслиц. Этот текст был насыщен логическими искажениями слов, как будто сама суть английского языка была разрезана, перекручена и вновь склеена при прохождении через мозг Алисы! Если это действительно послание из мира духов, подумал вдруг Додсон, оно вряд ли пришло от дружелюбного духа…

"Будучи полевым зоологом," вставил Дарвин, "я был удивлён следующим обстоятельством. Глядя на странный, неназванный, неисследованный мир этого текста, я не нашёл почти никаких волшебных и даже экзотических существ—за исключением воображаемого Грифона (основанного на классических мифах, но не обладающего никакими волшебными качествами) и вымышленной Псевдо-Черепахи. Все остальные животные—это обычные, ничем не примечательные виды английской фауны: кролик, мышь, гусеница, соня, лягушонок, ежи… Даже фламинго, и те обитают в Лондонском зоологическом саду, так что они знакомы большинству детей. Имеется, правда, додо, вымершая птица с острова Маврикий, но её-то известное изображение Алиса наверняка видела в Оксфордском музее естественной истории!"

Алиса кивнула в подтверждение.

"Если бы этот текст был настоящим сном," продолжал Дарвин, "во всём этом не было бы ничего странного: во сне реальность всегда перемешана гротескным образом. Возможно, тот же механизм работает при галлюцинациях, которые индуцируются химическими веществами. Однако если допустить хотя бы на момент, что Алиса действительно являлась своего рода медиумом—то послание, которое она приняла, каков бы ни был его источник, представляется мне чрезвычайно искажённым при прохождении через фильтры её мозга, через её нервную систему и разум, или даже через то, что можно назвать душой. Возможно, что многие из образов этого текста, а может быть и большинство их, не являются частью исходного послания, но появились в результате искажений, проходя через юный, чувствительный организм, и преобразовались в привычные для ребёнка образы животных, карт или игрушек. Мы видим, например, что в этом тексте возникают имена сестёр Алисы—эффект, обычный для в скрытом виде галлюцинаций.

"В Южной Америке, к примеру, индейские племена общаются и разговаривают со своими богами и с духами умерших родственников под воздействием определённых трав и, конечно, грибов. Это чрезвычайно обычное явление во всех примитивных культурах, знакомое по изображениям, встречающимся в их искусстве, и по образам, населяющим их фольклор. Известно, что ацтеки использовали для своих пророчеств местный вид белены, *Datura inoxia*. В наше время индейцы-мазатеки в Мексике употребляют 'провидческий шалфей', *Salvia divinorum*; его действие вызывает так называемые парейдолические галлюцинации. Судя по описаниям, в этих видениях неодушевлённые объекты, такие, например, как мебель, оживают, передвигаются и разговаривают между собою!

"Известно, что ощущение полёта, которое, по их собственным признаниям, испытывали 'ведьмы' Средневековья, легко вызывается воздействием белладонны, болиголова или мандрагоры. Спорынья—грибковый паразит ржи, называемый также 'Огонь Св. Антония', вызывает яркие и глубокие галлюцинации, или эрготизм. Возможно, имено этот грибок использовался в Древней Греции для таинственных Элевзинских мистерий. Не случилось ли тебе, Алиса, в тот день, попробовать ржаного хлеба?" с улыбкой спросил Дарвин.

"Думаю, что нет," серьёзно ответила Алиса, которая с чрезвычайным вниманием следила за развернувшейся учёной дискуссией, в центре которой она неожиданно оказалась. "Но это было много лет назад, и я точно не помню, какую еду мы брали тогда на пикник."

"Если мы говорим о галлюцинации или о случае гипноза," сказал Уэллс, "мне хотелось бы понять, каким образом они могут породить связный и грамматически правильный текст размером с небольшую книгу? Насколько мы знаем, даже высказывания дельфийской Пифии были весьма краткими и допускали неоднозначные интерпретации." Он взял в руки свой экземпляр *Приключений Алисы* и перелистал его в поисках заложенных страниц. "Я хотел бы остановиться ещё раз на некоторых особенностях этого текста. Я просмотрел его подробно несколько раз, потому что неожиданно обратил внимание на его чрезвычайно обеднённую *сенсорную* палитру. Во-первых, *запах.* Я не нашёл ни одного упоминания о каком-либо запахе, который Алиса ощутила бы в Стране чудес (будем для удобства пользоваться этим названием подземного королевства). Там нет ни приятных, ни противных запахов, как если бы у Алисы заложило нос! Во-вторых, *вкус.* Чувство вкуса в книге тоже ослаблено. Первый и последний раз, когда описывается какой-либо вкус—это сцена, в которой Алиса выпивает содержимое бутылки с этикеткой 'Выпей меня!' Смесь эта имеет настолько невероятный и сложный вкус—он напоминает одновременно 'вишнёвый пирог с кремом, ананас, жареную индейку, сливочную помадку и горячие гренки с маслом'—что, похоже, после этого эпизода никакой вкус уже не ощущается! Далее во всей книге я нашёл только одно предложение, где упомянуты три основных вкусовых ощущения (кислый, горький и сладкий вкус уксуса, горчицы и конфет). А единственное упоминание солёного —это вкус Алисиных слёз, которых она наплакала целое озеро!

"Нам неизвестно, какой имено суп готовится в кухне Герцогини; мы даже не знаем, входит ли в его состав вездесущий перец, которым наполнена атмосфера этой кухни. Нам также остаётся неизвестным вкус другого, 'великолепного' супа, о котором поёт свою тоскливую песню Псевдо-Черепаха. Ничего не сообщается ни о вкусе конфет, которые обнаружились у Алисы в кармане, ни о вкусе волшебного гриба, на котором сидит Гусеница, или пирожка, на котором выложена надпись 'Съешь меня!', или же котлет, которые украл Валет! Я предположил, что такая странная обеднённость ольфакторных чувств—запаха и вкуса—компенсируется *визуальными* ощущениями. Однако и цветовая гамма в тексте оказалась чрезвычайно бедной и неполной! Розы в саду Королевы—*красные*, но на самом-то деле это *белые* розы, которые садовники окрашивают в красный цвет. Кролик, конечно, тоже *белый*, как и его лайковые перчатки. *Синий* упоминается всего один раз—но это неестественный цвет Синей Гусеницы. Хорошо хоть, что листья в лесу *зелёные*... Таинственный *суп*, о котором поёт Псевдо-Черепаха, также зелёного цвета. Я не нашёл ни *чёрного*, ни *жёлтого* цветов. Апельсиновое варенье, конечно, должно быть *оранжевого* цвета—но банка из-под него оказывается пустой: ни цвета, ни вкуса! Ну и, наконец, Королева 'багровеет от ярости'... Вот и все цвета— необычайно бедно раскрашенная книга!"

"Очень любопытное наблюдение, от меня совершенно ускользнувшее!" воскликнул Дальтон. "Это может означать, что текст послания был искажён на каком-то этапе передачи или восприятия таким образом, что из него выпал нормальный цветовой спектр! Я мог бы немало рассказать об искажённом цветовом восприятии, которое меня чрезвычайно интересует на протяжении многих лет! По-какому то странному капризу судьбы—а вернее сказать, наследственности—я родился с необычайно обеднённым цветовым зрением.[7] Я говорю не просто о дефекте зрения, а именно о наследственности, потому что такая же аномалия имеется у моего брата."

Уэллс кивнул: "Вы первым и описали этот необычайный дефект цветового зрения, который в моё время называется в вашу честь 'дальтонизмом'."

"Не такой уж плохой способ увековечить своё имя," улыбнулся Дальтон. "С ранних лет я был увлечён этим странным явлением, и проделал множество опытов, касающихся физики зрения, природы света и подобных феноменов. Многие специалисты уже в моё время подозревали, что существует связь между химическими свойствами организма и наследственностью. По словам Уэллса, к 1890-м годам эти взгляды получили дальнейшее подтверждение! Я думаю, что в будущем мы раскроем механизмы биологии, которые контролируют химическую сторону жизни. В природе существует очень ограниченное количество строительных блоков, таких, как атомы и их комбинации: простые или сложные молекулы. Из этих кирпичиков, вероятно, и складывается всё потрясающее разнообразие живых клеток и организмов."

"Хотелось бы, чтобы всё было так просто!" отозвался Дарвин. "Механизм наследственности, мне кажется, мог бы действовать путём передачи элементарных частичек, которые стекаются от всех клеток организма в репродуктивные органы. Я гипотетически называю их 'геммулы'. Но пока что химикам моего времени совершенно неизвестно, из чего эти частички могли бы состоять. Скорее всего, это какой-то особый род белка—однако сегодня мы всё ещё очень далеки от понимания этих механизмов."

"Далеки от этого и учёные конца века," признал Уэллс. "Однако всё внимание биологов теперь обращено именно на наследственность! Если бы медицина владела средствами управления наследственной субстанцией, наука могла бы контролировать саму природу человека! Представьте, каких высот мы могли бы достигнуть!"

Алисе живо вспомнился страшный роман миссис Шелли *Франкенштейн, или Современный Прометей*, и она невольно содрогнулась. Алису заинтересовал странный дефект цветового зрения мистера Дальтона. Она обратилась к старому химику: "Не можете ли вы объяснить мне, мистер Дальтон, *почему* вы не видите цветов? Неужели же мир предстаёт вам чёрно-белым?"

"Я не отличаю малинового цвета от зелёного, а также розового от голубого," ответил Дальтон. "Восприятие прочих цветов у меня также ослаблено, как вкус или запах для человека, у которого насморк."

"Мне вспоминается история о вас, которую рассказывают в Оксфорде," нерешительно начал Додсон, "что-то насчёт малиновой мантии и о том, как вас собирались представить королю Вильгельму Четвёртому…"

"Да, это забавный случай, произошедший совсем недавно," усмехнулся Дальтон. "Я тогда отказался одеваться в придворный костюм со шпагой: будучи квакером, я не могу носить оружие. Тогда мой друг, математик Чарльз Бэббидж предложил мне надеть мантию доктора наук. Проблема, однако, была в том, что оксфордская мантия, конечно же, малинового цвета, который квакерам также носить не полагается. Но тут я совершенно правдиво объявил, что никакого малинового цвета не вижу,—и действительно, я не отличаю его от зелёного цвета! Я думаю, что дело здесь в особом составе жидкости моих глаз, которая каким-то образом поглощает свет в стекловидного тела красно-зелёной части спектра. Возможно, там содержится какое-то химическое вещество, играющее роль фильтра. Я опубликовал научную статью по этой теме. А в своём завещании я особо указал, чтобы мои глаза были сохранены и отданы на исследование для подтверждения моей гипотезы!"

Алиса живо представила себе глазные яблоки мистера Дальтона, плавающие в банке со спиртом. Она вспомнила слова королевы Гертруды из *Гамлета*:

> *Ты повернул глаза зрачками в душу,*
> *а там повсюду пятна черноты,*
> *и их ничем не смыть!* (пер. Б. Пастернака)

"К вашему времени меня, конечно, давно уже нет в живых," без доли смущения продолжал Дальтон. "6 сентября 1866 года исполнится сто лет со дня моего рождения. Это меня вовсе не беспокоит: я надеюсь, что прожил долгую и плодотворную жизнь. Но мне хотелось бы узнать, были ли выполнены мои инструкции. Я говорил уже мистеру Дарвину, что мне было бы очень интересно прочесть результаты исследования."

"Пока что мы не нашли никаких сообщений об этом," улыбнулся Дарвин. "Возможно, что ваши глазные яблоки всё ещё находятся в каком-либо шкафу с анатомическими препаратами и ждут своей очереди. Вы правы, многие медицинские дефекты передаются по наследству. Необходимо обращать особое внимание на такие странности: они могут помочь нам понять механизмы наследования. Но вернёмся же к нашей теме: мы обсуждали необыкновенные видения Алисы."

"Я именно об этом и говорю," продолжал Дальтон. "Восприимчивость Алисы к любым внешним влияниям есть неотъемлемая физическая черта её организма. В отличие от многих ваших современников, я не верю в сверхъестественные воздействия, не верю ни в духов, ни в призраков. Мир построен из атомов, а также из их эманаций: света, магнетизма, и подобных сил. Нам надо подвергнуть тщательному анализу все необычные образы, содержащиеся в видениях Алисы, чем мы уже и начали заниматься. Надо сравнить их со всеми известными проявлениями галлюцинаций и связать с химией нервной системы. Я надеюсь, что мистер Уэллс сможет доставить из своих просвещённых времён медицинскую информацию, необходимую для понимания этих механизмов. Мы сможем тогда установить, что именно вызвало эту странную галлюцинацию, и влиянию какого рода химических веществ или магнетических полей подверг- нулась Алиса."

"Думаю, что и в наше время об этом не так много известно," ответил Уэллс. "Конечно же, я проконсуль- тируюсь по этим вопросам со специалистами-медиками сразу же по возвращении домой. Я обратил особое вни- мание на все эти искажения цветовой гаммы скорее всего потому, что я и сам страдаю в последние недели от свое- образной ностальгии по цветам. Когда я путешествую во времени с Машинеттой—а это может занимать долгие часы—я вообще не вижу никаких цветов. Поток Времени окрашен только комбинациями чёрного и белого, в основном же он серого цвета…"

В этот момент Уэллс неожиданно поднялся с кресла и повернулся к своей миниатюрной машине времени, стоявшей рядом на ковре. "Подождите!" воскликнул он. "Какой же я глупец! Какие же мы все глупцы! Как же я мог не увидеть этого сразу? Этот таинственный текст, в котором нет ни цвета, ни вкуса, ни смысла—это *послание из будущего!*"

Глава IV

Зловещее послание

После необычайного заявления Уэллса вспыхнул возбуждённый спор, за которым Алиса едва успевала следить. "Может ли быть," думала она, "что вся эта сказочная бессмыслица, которую я продиктовала в состоянии транса—это зашифрованное послание какой-то будущей цивилизации? Откуда же оно прибыло? Из нашей же доброй Англии, только столетия спустя? По крайней мере, они говорят по-английски, иначе бы мистер Додсон не смог записать этого текста! Может быть, это послание пришло из Австралии? Или даже из Америки?"

Настроение Алисы заметно улучшилось по мере того, как она прислушивалась к спору. Исчезло постоянно возвращавшееся к ней, гнетущее чувство того, что она могла стать жертвой ужасной галлюцинации, подобной тем, которые, по словам Дарвина, вызывают белена или "провидческий шалфей." Это означало бы, что её организм подвергся действию мощных химических веществ.

"Но я чувствовала себя совершенно здоровой! Я была тогда, и остаюсь сейчас, в своём уме; у меня нет никаких признаков душевного расстройства!" думала она, пытаясь понять, что именно с ней произошло. "Я же не принимала никаких лекарств, в отличие от мистера Кольриджа, который испытывал видения под воздействием опиума!" Ей вспомнились знакомые строки:

"Где Альф бежит, поток священный,
Сквозь мглу пещер гигантских, пенный,
Впадает в сонный океан."[8]

"Было бы ужасно, если бы оказалось, что меня кто-то загипнотизировал на расстоянии! И, конечно же, я не верю ни в какие послания духов из потусторонних миров; но похоже, что мистер Додсон твёрдо убежден, что именно это и произошло на нашем пикнике четыре года назад. Однако послание из будущего—это совершенно другое дело! Это было бы необыкновенно интересно! Но как же можно подтвердить эту гипотезу?"

В течение нескольких последующих часов Алиса следила за ожесточённой и увлекательной дискуссией. Обсуждались интерпретация снов, бред душевнобольных, ясновидение, предсказание будущего, Откровение Иоанна Богослова и даже Нострадамус. Из необъятной библиотеки Дарвина приносили всё новые книги и тома энциклопедий. Обо всех этих эзотерических предметах Алисе было известно совсем немного, частью из школьных занятий, частью по рассказам отца о жизни древних народов.

Постепенно все были вынуждены согласиться с тем, что какая-то форма коммуникации с будущим возможна—учитывая тот очевидный факт, что среди них находится живой, из крови и плоти, Путешественник по Времени! Если человек может передвигаться во времени, то логично предположить, что такая возможность имеется и для сигнальных сообщений!

"Думаю, все мы согласны теперь," сказал Дарвин, "что мы имеем дело не просто с необычной игрой воображения, но с результатом внешнего воздействия. У нас нет никаких свидетельств, что видение Алисы было вызвано галлюциногенными грибами или растительными субстанциями типа пейоте или каннабиса. Не имеется также никаких свидетельств гипноза, некромантии, шаманизма или спиритизма. Честно говоря, я не могу представить себе, что десятилетняя девочка (даже такая талантливая, как Алиса) способна самостоятельно выдумать всю эту историю. Оба сообщения исключительно сложны, и несомненно являются продуктом взрослого воображения—и воображения чрезвычайно оригинального! Мы выслушали мнение мистера Додсона о контакте со сверхъестественным миром, однако эта теория относится к области фантазии, поскольку никаких бесспорных доказательств существования такого мира не имеется. Таково моё глубокое убеждение, хотя в этом пункте мы расходимся даже с моим добрым другом Альфредом Уоллесом. Таким образом, необычайная гипотеза мистера Уэллса о послании из будущего представляется мне наиболее разумной—или, вернее сказать, наиболее вероятной из всех невероятных гипотез!"

"Однако же," прервал его Додсон, "любому здравомыслящему человеку подобная гипотеза несомненно покажется безумной—или по крайней мере несерьёзной!"

"Я понимаю ваше беспокойство, мистер Додсон," сказал Дальтон. "Тем не менее в нашем распоряжении имеется Машинетта! Её физическое существование, которое отрицать невозможно, а также наш совместный опыт по использованию этого аппарата, свидетельствуют о том, что передвижение во времени, из будущего в прошлое и обратно, возможно—хотя и несколько ограничено. Более того, такое передвижение не нарушает законов природы, ибо оно, очевидно, происходит в естественном мире. Если мы ещё не понимаем каких-либо законов природы, это не значит, что они не существуют. Это всего лишь новые законы, которые нам неизвестны, и которые необходимо изучить и описать. Таким образом, я не вижу ничего невозможного в том, чтобы существовала сигнальная коммуникация между будущим и прошлым—возможно, с помощью приспособлений, подобных Машинетте."

"Если человек может передвигаться во времени, то, конечно, может и сигнал!" кивнул Уэллс. "Звук, свет, электричество—все силы природы, которые мы покорили, в особенности в последние годы, используются человечеством для сообщения. Несомненно, существуют и другие, ещё не открытые силы такого рода."

Додсон нехотя согласился: "Звук, несомненно, всегда использовался для коммуникации: сигнальные тамтамы дикарей слышны на большом расстоянии. На Канарских островах, как известно, племя гуанчей использует для коммуникации необычный язык свиста. Мистер Уэллс рассказывает, что совсем скоро звук будет передаваться на расстояние по электрическим проводам наподобие телеграфных. Уже через десяток лет люди будут переговариваться по этой системе, которая будет называться 'телефон'!"

"Какое забавное название," подумала Алиса. "Даже в будущем сохранится традиция использования древнегреческих корней! Только немцы, как всегда, наверняка составят исключение; они могут придумать термин 'далекоговоритель'—*der Fernsprecher*. Почему бы им тогда не называть 'светописью'—*die Lichtschreibung, фотографию*—которой занимается мистер Додсон?"

"Луч света распространяется от далёких звёзд с невероятной скоростью," задумчиво продолжал Додсон, "и люди издавна использовали свет для коммуникации. В древности для этого зажигали костры на горных вершинах…"

Тут неожиданно вмешалась Алиса, процитировав строки из Эсхила:

> *"Какой же вестник мчался так стремительно?*
> *Гефест, пославший с Иды вестовой огонь!*
> *Огонь огню, костёр костру известие*
> *Передавал. Ответил Иде пламенем*
> *На Лемносе утёс Гермейский. Острову*
> *Гора Афон, Зевесов дом, ответила…"*[9]

"Отец рассказывал мне," добавила она, "что с помощью восьми таких сигнальных костров сообщение о падении Трои, после десятилетней осады, было передано царице Клитемнестре в Аргос за одну ночь. Ида—это высочайшая гора на Крите, а Гефест—бог-кузнец, муж Афродиты."

Все присутствующие наградили Алису лёгкими аплодисментами.

Дальтон одобрительно кивнул. "И звук, и свет— прекрасные средства коммуникации, но наступают новые времена, когда способы сообщения станут ещё совершеннее! Взять хотя бы ваш электрический телеграф, изумительное недавнее изобретение—его кабель пролегает сейчас уже по дну Атлантического океана, соединяя самые развитые страны мира! Я имел возможность подробно изучить телеграфный аппарат Хьюза с его буквопечатающим устройством[10]—превосходный символ современной технической цивилизации!"

"Вскоре появится ещё более замечательное изобретение," пообещал Уэллс, "так называемый 'беспроволочный' телеграф! Совсем недавно я узнал об удивительных опытах молодого итальянского инженера по имени Гульельмо Маркони. В 1898 году он отправит электромагнитный сигнал по воздуху! Вообразите, чего сможет достигнуть будущее общество, используя такую поистине мифическую форму коммуникации!"

"Потрясающе!" воскликнул Додсон. "Конечно, вряд ли этим способом возможно пересылать изображения—но такой беспроволочный 'телефон', пользуясь чем-то наподобие кода Морзе, сможет мгновенно передавать живой человеческий голос из Москвы в Сан-Франциско, из Шанхая на Марс!"[11]

"Может ли быть, что текст, продиктованный Алисой, прибыл к нам как некая эманация той же природы, что и эти беспроволочные сигналы?" спросил Дарвин.

"Почему бы и нет?" сказал Дальтон. "Наверняка в будущем откроют много новых форм магнетизма, которые можно будет использовать для сигнализации как в пространстве, так и во времени."

"Чтобы восприниматься непосредственно человеческим организмом, такие сигналы должны поглощаться особыми рецепторами," сказал Дарвин. "Подобные органы нам пока неизвестны, но они должны напоминать рецепторы для звука или света, и реагировать на волны неизвестной нам эфирной природы."

Обсуждение продолжалось, приняв другое направление: кто-то напомнил об очевидной и бессмысленной жестокости, пронизывающей весь текст *Приключений Алисы в стране чудес*. Приговор, предшествующий вердикту присяжных; угрозы отрубить голову за мельчайшие проступки.

"Может быть, это—отражение будущей действительности?" спросил Дарвин. "Что же представляет собой цивилизация, отправившая нам это послание—Остров Безумия на Реке Времён?"

"Я заметил кое-что ещё," сказал Додсон, тщательно перелистывая знаменитую книгу, изданную в прошлом году под его псевдонимом. "В тексте содержится немало упоминаний о детском школьном образовании. Не только Алиса, но и другие персонажи постоянно пытаются вспомнить хорошо известные детские стихи, но каждый раз искажают их строки и слова..."

"Что, если это—сигнал предупреждения для нашей цивилизации?" спросил Дарвин. "Может быть, в будущем школьное образование придёт в упадок?"

"Вполне вероятно!" ответил Додсон. "Взгляните, к примеру, на Главу Девятую, где Псевдо-Черепаха описывает свою подводную школу. Уроки, которые постоянно укорачиваются (*'Lessons that lessen'*)! Я только сейчас начинаю понимать, какого рода текст я записал и опубликовал... Вот четыре действия арифметики. На первый взгляд, эти словесные игры забавны и привлекательны. Они искусно искажают арифметические термины, в духе ребёнка, которому наскучил сухой изучаемый предмет. Но если посмотреть глубже, *я вижу призраки* Четырёх Всадников Апокалипсиса!

"Вместо *сложения* (ADDITION)—*честолюбие* (AMBITION); именно оно переполняет новые поколения, которые стремятся преуспеть в быстро меняющемся, отчуждённом мире; в мире, где исчезает вера в Божественное (простите, мистер Дарвин, но тут во многом виноваты неуместные атаки со стороны ваших коллег); где империи сражаются сегодня, и будут сражаться в будущем, с применением всё более и более смертоносного оружия. Ничем не ограниченное честолюбие, которое вскоре превзойдёт самые дикие фантазии римских императоров и самого Наполеона!

"Вместо *вычитания* (SUBTRACTION)—*отвлечение* (DISTRACTION); но отвлечение не просто чтением книжки под партой—нет, уже возникает быстро растущая индустрия аморальных картинок, пока что неподвижных, а в будущем ещё и двигающихся! Развлекательные истории самого низкого качества, доступные каждому в дешёвых журналах; всеядная публика, вырастающая на дешёвой писанине; общее падение нравов—предельное Отвлечение Человека от его высшего предназначения!

"Вместо *умножения* (MULTIPLICATION)—*обезображивание* (UGLIFICATION); и при этом самого варварского образца! Я не вижу в этом слове ничего забавного. Взгляните на современное искусство! Красота Греции и Рафаэля исчезла безвозвратно! Мои добрые друзья Рёскин и Россетти не в силах сдержать этот грязный поток. Мне стыдно слушать рассказы мистера Уэллса об искусстве и литературе 1890-х годов. Я не вижу абсолютно никакой гарантии того, что технологически продвинутое Двадцатое Столетие, со всеми его летающими машинами и межзвёздными кораблями, достигнет такого же прогресса в своей нравственности и представлениях о прекрасном!

"И наконец: вместо *деления* (DIVISION)—*презрение* (DERISION); о, как это верно! Новые поколения не только честолюбивы, отвлечены и обезображены—они ещё и относятся с величайшим презрением ко всем грандиозным достижениям духа, во всех областях, которые требуют воспитания и совершенствования человеческой души, а не мгновенного удовлетворения низменных желаний! Всё скромное и хрупкое испепеляется под презрительным взглядом этих новых варваров!

"Четыре этих слова, подменяющие в тексте четыре действия арифметики, убеждают меня в правоте мистера Уэллса. Никакой дух, никакая фея не могут быть так жестоки, как эти насмешливые каламбуры Псевдо-Черепахи!"

Додсон захлопнул книгу. Его страстные слова как будто вылились из самой глубины его сердца, и он находился в невероятном возбуждении.

"Я согласен," сказал Дарвин. "Псевдо-Черепаха в своём кратком изложении описывает целую систему псевдо-образования, с которой трудно соревноваться любому сатирику."

Уэллс кивнул: "Важно, что эти каламбуры относятся к четырём действиям арифметики, а они лежат в основе любого образования, начиная с Египта и Пифагора. Насмешка над этими основами означает самую глубокую деградацию общества!"

"Честолюбивые и отвлечённые, обезображенные и презрительные поколения будущих учеников!" воскликнул Дальтон. "Я не вижу здесь ничего смешного! Если возобладают эти разрушительные тенденции, наша Империя неизбежно развалится!"

Дарвин вздохнул: "Да, это кошмар. И я боюсь, что этот кошмар—наше ближайшее будущее. Что вы на это скажете, Уэллс?"

Уэллс пожал плечами. "Мы в 1890-х годах всё ещё сопротивляемся. Ясно, однако, что именно наше столетие—это поворотный момент в истории цивилизации. И это послание может быть свидетельством того, что история пойдёт по дурному пути."

"Взгляните пристальнее на этот текст!" сказал Дальтон. "Какие темы постоянно, и довольно зловещим образом, повторяются в нём? Растерянность, дезориентация, искажение, безумие. *Мы все здесь не в своём уме*, говорит Чеширский Кот, воплощение нестабильности; этот Кот появляется и исчезает, как будто не может решить, стоит ли ему вообще оставаться в этом мире!" Он указал на соответствующие строки: "*Не могли ли бы вы появляться и исчезать не так внезапно?*"

Додсон согласился с ним, и нашёл ещё одну цитату: *"На что похоже пламя свечи после того, как её задули?'* Довольно мрачное высказывание, пассивное и безразличное: оно напоминает мне о восточной философии."

"А вот и ещё!" сказал Уэллс. *"Всё неверно, от начала' и до конца.'* Весьма резкое заявление!"

"Я допускаю," сказал Дальтон, "что такие фразы могут принадлежать к исходной, неискажённой части текста—они вполне понятны, в них нет никакой бессмыслицы. Нам надо найти способ расшифровки всего текста!"

"Если бы у нас только был аппарат, который помог бы расшифровать это послание!" воскликнул Дарвин. "Это может занять многие годы—нам придётся перепробовать все возможные комбинации букв и образов для того, чтобы отделить осмысленные словосочетания от всей этой инфантильной мешанины слов!"

"Между прочим, именно такой аппарат вполне мог бы существовать," заметил Додсон. "Много лет назад мой друг Чарльз Бэббидж, знаменитый математик, предложил оригинальное изобретение, которое он назвал Аналитической машиной."

"Что это за машина?" заинтересованно спросил Уэллс. "Ничего подобного ещё не существует в 1890-х годах!"

"Аппарат, по замыслу Бэббиджа, был основан на ткацком станке Жаккара," ответил Додсон. "В нём должны были использоваться перфорированные карточки для ввода информации. Помощницей Бэббиджа была графиня Ада Лавлейс, дочь лорда Байрона; Бэббидж называл её 'Волшебницей Чисел'."[12]

"Она несоменно унаследовала часть талантов своего гениального отца," заметил Дальтон. "Чем она занимается сейчас?"

"К сожалению, леди Лавлейс скончалась в 1852 году, не дожив и до сорока лет," вздохнул Додсон. "Аппарат Бэббиджа так и не был построен."

"Я мог бы попробовать отыскать её с помощью Машинетты," сказал Уэллс. "Может быть, она захочет сотрудничать с нами в качестве консультанта из своего времени, или даже сможет посетить нас?"

"Это было бы замечательно!" воскликнул Додсон. "Мы не можем воскрешать мёртвых, но мы могли бы создать общество учёных из разных времён! Ада Лавлейс интересовалась также френологией и месмеризмом; она говорила, что занимается 'поэтическими науками'. Я уверен, что она согласится работать с нами!"

"Может быть, аппарат Бэббиджа пригодится для расшифровки и анализа осмысленных фрагментов текста Алисы, или для отделения их от явно бессмысленных фраз," сказал Уэллс. "Закодированные послания такого рода могут быть обычным способом коммуникации для людей будущего. Возможно, они даже передаются прямым контактом от мозга к мозгу, наподобие гипноза."

"Почему же тогда мы не получаем других посланий?" спросил Додсон.

"Может быть, отправлять такие послания в прошлое чрезвычайно дорого?" предположил Дальтон. "Передача любого сигнала—светового, звукового или электрического—требует затраты энергии. Для передвижения по Реке Времён, несомненно, нужны ресурсы. Вспомните, в послании почти нет цветов: они явно были задержаны тканью Времени, как фильтром. Возможно, Время служит фильтром и для других форм магнетизма."

"Если это так," сказал Додсон, "то два послания, полученные Алисой, могли быть специально направлены в наше время из неведомого будущего столетия! Как знать, сколько веков отделяет эту загадочную цивилизацию от 1860-х годов?"

"Если это требует гигантского количества энергии," продолжал свои рассуждения Дальтон, "то, конечно, люди будущего смогут пересылать такие сообщения только с помощью особого магнетизма, невообразимо превосходящего все технические достижения нашего времени! Возможно, они соорудят гигантские аппараты по всему миру, предназначенные специально для этой цели. Ведь посылаемая информация будет огромна по объёму!"

Становилось поздно, и Алисе пора было возвращаться домой в Оксфорд. Члены Клуба Времени решили отложить дальнейшую беседу до следующей встречи.

Глава V

Река Времён

Cледующее заседание Клуба Времени состоялось
через две недели, 14 апреля 1866 года. В ожидании
Дарвина и ещё одного, нового гостя, Алиса попросила
Уэллса и Дальтона рассказать подробнее о том, как они
путешествуют по времени.

"Путешествие с Машинеттой," задумчиво начал Уэллс,
"ближе всего напоминает плавание по реке. Можно
сказать, что тебя несёт Река Времён: это поразительное
ощущение! Мой опыт такого плавания пока ещё совсем
невелик."

"Пожалуйста, расскажите же об этом как можно подробнее!" упрашивала Алиса, не в силах сдержать своё
любопытство. Ей объяснили, что до достижения ею совер-
шеннолетия не может быть и речи о том, чтобы взять её в
такое рискованное путешествие.

"Сказать по правде, мне редко доводилось заниматься
плаванием под парусом или даже на гребной лодке," продолжал Уэллс, "так что я могу путаться в специальной
терминологии. Я научился управлять этим аппаратом с

помощью невидимой связи, которая возникает, когда я его включаю. Вернее будет сказать, что Машинетта управляет мною: она осторожно ведёт меня, и я каким-то образом чувствую, как регулировать её рычаги."

"Машинетта, несомненно, до определённой степени читает ваши мысли," объяснил Дальтон. "Она движется подобно небольшой парусной лодке: её можно направлять вверх или вниз по течению. Я, между прочим, начал составлять небольшую инструкцию по путешествиям во времени, которая, я надеюсь, пригодится нашим коллегам, предпринимающим такое плавание. Насколько я понимаю, Время, подобно руслу обычной реки, меняет своё направление, огибая невидимые предметы или следуя берегам. По мере изменения глубины можно видеть отмели. Свет отражается на поверхности, как на воде. Скорость потока может меняться; иногда вы неожиданно останавливаетесь. Течение покачивает, а иногда и разворачивает вас. И, видимо, есть пределы, за которые мы не можем проникнуть."

"По мере плавания можно наблюдать изменения в высоком небе над Рекой Времён," мечтательно продолжал Уэллс. "Возможно, небо отражает смену атмосферы в военные и мирные годы. Иногда вы замечаете некоторую растительность, вроде камышей либо тростников, окаймляющую едва различимые берега. Большей частью это очень спокойное и приятное плавание."

"С какой же скоростью вы передвигаетесь во времени?" спросил Додсон, зачарованный поэтическими, и в то же время очень конкретными описаниями путешествия. Он ни разу не решился повторить его сам после того, как побывал в своём детстве.

"Обычно мы проходим около года за две минуты; иногда немного медленнее," ответил Уэллс. "Сегодня я преодолел расстояние от 1898 до 1866 года примерно за час; это было очень спокойное и приятное плавание. Погода во времени, если можно так выразиться, была ясной. В некоторых путешествиях, однако, я проходил через участки дождя, и даже слышал гром!"

"И вы промокли?" спросила Алиса.

"Нет," улыбнулся Уэллс, "это было всего лишь ощущение, что тебя ударяют капли дождя! Ни плащ, ни зонтик мне не понадобились. Это было довольно приятно, как будто бы видишь дождь во сне…"

"По мере плавания," продолжал свои объяснения Дальтон, "можно ощутить изменения в освещении, температуре и скорости течения. Некоторые сегменты времени выглядят более тёмными, туманными и пустыми. Другие, напротив, брызжут энергией и предстают чрезвычайно яркими и удивительно свежими. Можно различить холодные струи течения, которые влияют на ваше настроение. Проходя некоторые места, вы чувствуете прилив сил, а в других, напротив, вас охватывают отчаяние и страх. Путешествие во времени не всегда бывает приятным, но каждый раз оно чрезвычайно интересно и неповторимо!"

"Попадались ли вам скалы или рифы?" спросила Алиса.

"Я не встречал ничего опасного для Машинетты," сказал Уэллс, "но на Реке Времён есть глубокие места, есть пороги и омуты. Её берега, когда мы можем их различить, выглядят каменистыми, или песчаными, или же покрыты тростниками. Во многих местах трудно пристать к берегу."

"Река Времён безмолвна и бесцветна," заметил Дальтон. "Может быть, среда, из которой она состоит, подобна белому цвету, который содержит все цвета. Двигаясь по времени, вы как будто находитесь внутри чёрно-белого фотографического негатива…"

"А что вы едите и пьёте во время плавания?" спросила Алиса. Её всегда интересовало, что люди едят и пьют.

Уэллс улыбнулся. "Машинетта не предоставляет никакого питания. Если я собираюсь путешествовать в течение нескольких часов, я запасаюсь бисквитами, сыром и водой. А по прибытии я отправляюсь в местный паб. В старой доброй Англии они имеются везде и всегда, хотя качество еды иногда оставляет желать лучшего."

"Хорошо, что ваши путешествия ограничены цивилизованными эпохами," заметила Алиса. "Представляете, что бы было, если бы вы попали во времена Вильгельма Завоевателя или к друидам, или к пещерным людям! А должны ли вы одеваться в костюм того времени, куда вы отправляетесь?"

"Пока что не приходилось," ответил Уэллс. "Но, конечно, это понадобится, если мы сумеем проникнуть в далёкое прошлое. Было бы неразумно показаться там в одежде XIX века: нас наверняка приняли бы за колдунов!"

"Как вы полагаете, нарушают ли ваши путешествия ход времени?" спросил Додсон.

"У меня нет точного ответа на этот вопрос," сказал Дальтон. "Из нашего ограниченного опыта поездок с мистером Уэллсом я могу заключить, что время, вероятно, состоит из бесконечного количества параллельных потоков, каждый из которых подобен дорожной колее или железнодорожному полотну. Когда мы с Уэллсом путешествуем совместно в моё прошлое, наши колеи сливаются. Когда же мы движемся в моё будущее, мы переключаемся на траекторию Уэллса, по которой он прибыл ко мне. Время состоит из бесконечного числа вариантов, и, конечно, передвигаться по нему небезопасно."

Уэллс пожал плечами. "Люди постоянно нарушают ход времени. Жить—всё равно, что выходить в море, которое никогда не бывает постоянным. Ничто не постоянно! Природа меняется всё время. Меняется тело человека. В мире соревнуются предсказуемость и хаос. Мне кажется, что поток времени тоже не постоянен; любые движения, в любой момент, могут нарушить его таинственную механику…"

"Мы видим изменения всякий раз, когда мы отправляемся в путешествие!" добавил Дальтон. "Мы ни разу не возвращались в те же самые условия; всегда что-то меняется. Это естественные перемены, подобные тому, как меняется погода."

"Каким же образом вы высаживаетесь на берег?" спросил Додсон.

"Я направляю Машинетту в определённое место и время, но на Реке Времён далеко не везде возможно спокойно подойти к берегу," объяснил Уэллс. "Течение порою слишком быстрое, а берега могут быть топкими или обрывистыми. Аппарат обычно сам выбирает подходящие условия высадки. Дом Дарвина был найден мною после нескольких попыток; это один из наиболее надёжных и безопасных причалов в 1860-х годах."

"Мне кажется немаловажным, что вы оба описываете свои необыкновенные путешествия именно как плавание по реке," сказал Додсон. "В реках всегда есть нечто особое и загадочное. Может быть, не случайно первое послание было получено Алисой именно во время нашей речной прогулки?"

Дальтон кивнул. "Не исключено," сказал он, "что человеческий организм становится более восприимчивым к подобным посланиям во время медитаций на таких тихих речках, как Айзис."

"Похожие теории существуют относительно коммуникации с миром духов," сообщил Додсон. "Я знаю, что вы относитесь к этому скептически, однако считается, что для хорошего контакта необходима определённая комбинация внешних условий и эффективного состояния транса, в который впадает медиум."

"Может быть, те, кого вы и прочие считаете духами—это всего-навсего другие странники на Реке Времён?" улыбнулся Уэллс. "Трудно поверить в то, что мы—единственные, кто передвигается по этому потоку. В конце концов, кто-то же должен был забыть в моём времени Машинетту, так что наверняка существуют и другие путешественники!"

"Но если они проникают в прошлое, почему же вы никого из них не встречали?" спросила Алиса.

"Действительно, мы никогда не видели никакого движения на Реке Времён," сказал Дальтон. "Возможно, люди из будущего движутся по особым траекториям или с другой скоростью."

"Или же они невидимы для нас!" воскликнул Уэллс. "Наверняка в будущем станут доступны химические препараты, с помощью которых можно сделать тело человека прозрачным, как у настоящего призрака!"

"Интересно," сказал Додсон, который и сам теперь уже склонялся к гипотезе о послании из будущего, "может ли сам этот аппарат—я имею в виду Машинетту—каким-то образом сделать людей нашего поколения более восприимчивыми, настроить их на лучший контакт с будущим? Может быть, вы, Уэллс, не случайно обнаружили Машинетту в лавке древностей? Может быть, она специально была там оставлена для вас в 1898 году—так же, как послания были направлены Алисе в 1862 и 1863 годах? Эти события могут быть связаны!"

"Это не приходило мне в в голову!" воскликнул Уэллс. "Напомните мне, будьте добры, какого именно числа было получено первое послание Алисы?"

"4 июля 1862 года," одновременно ответили Додсон и Алиса.

"Между одиннадцатью часами утра и четырьмя часами дня," добавил Додсон.

"Тот же день и то же время!" воскликнул Уэллс. "Именно 4 июля 1898 года, около полудня, я обнаружил и тут же купил Машинетту в той антикварной лавке в Вест-Энде! Какое невероятное совпадение!"

"Я уже, кажется, перестаю верить в совпадения!" мрачно заметил Дальтон. "Похоже, что здесь действуют какие-то другие силы."

"Не исключено, что именно в летнее время," сказал Додсон, "достигается наилучший контакт между различными мирами или эпохами. Вспомните хотя бы *Сон в летнюю ночь*—Шекспир, с его чувствительностью гения, понимал, что середина английского лета обладает особыми, мистическими свойствами. Я всегда считал, что существует некое состояние 'наваждения', в котором человек сознаёт присутствие фей, или же вид транса, в котором, фактически пребывая в забытьи, человек (т.е., его нематериальная сущность) проникает в иные сферы, в иную реальность, или Сказочную страну, и осознаёт присутствие её жителей.[13] Но то, что многие и до, и после Шекспира считали контактами с миром фей, могло в действительности быть попытками контактов из будущего! Может быть, не зря второе послание достигло Алисы именно тогда, когда она была одета в костюм королевы фей Титании!"

"Я полагаю," сказал Уэллс, "что видения Алисы были переданы из будущего с помощью неизвестного нам вида радиации, испускаемой неким сигнальным устройством невиданной мощности, излучение которого способно преодолеть поток Реки Времён! Скорее всего, эта же цивилизация будущего смогла построить для своих нужд аппараты такого рода, как Машинетта."

"Но не допускаете ли вы, что Машинетта—уникальный артефакт, созданный гениальным мастером будущего, наподобие картин Леонардо да Винчи?" спросил Додсон.

"Вряд ли," сказал Дальтон. "Было бы слишком само-надеянно с нашей стороны считать, что люди будущего подарили нам свой единственный аппарат для путешествий во времени!"

"Но, может быть, у них нет других аппаратов?" воскликнула Алиса. "Может быть, послания, полученные мною—это крики о помощи? Может быть, их цивилизация гибнет, и Машинетта—это спасательная шлюпка, брошенная нам для того, чтобы спасти человечество, пока ещё не поздно?"

В этот момент в кабинет вошёл Дарвин, а за ним—новый, не знакомый Алисе гость.

"Мы прибыли наконец!" объявил Дарвин. "Я прошу прощения за некоторую задержку. Позвольте мне представить нашего нового коллегу—моего кузена, мистера Фрэнсиса Гальтона! Фрэнсис обладает множеством талантов, и, между прочим, он уже совершил одно путешествие во времени с мистером Уэллсом. Он в крайнем восторге от возможностей, предоставляемых Машинеттой!"

"Я в совершенном восхищении!" воскликнул мистер Гальтон, который был намного моложе и подвижнее своего почтенного кузена. "Мистер Уэллс позволил мне управлять рычагами этого волшебного аппарата!"

"Мы управляли ими вместе," сказал Уэллс, "огибая известные мне отмели на Реке Времён. Мистер Гальтон даже побывал у меня в гостях. Боюсь, что 1890-е годы не оправдали его ожиданий: он думал, что к концу столетия мы достигнем гораздо большего технического и нравственного прогресса…"

"Поразительно," вскричал Гальтон, "что Машинетта не нуждается ни в каком горючем! В аппарате нет ни баков, ни камер, в которых могли бы содержаться химические источники его питания! По моему глубокому убеждению, Машинетта питается каким-то неизвестным нам родом магнетизма. Возможно, эта энергия исходит из естественного поля Земли, созданного её расплавленным железным ядром! Такое поле может давать будущим поколениям неисчерпаемый источник энергии!"

"Очень разумное предположение!" согласился Дальтон. "Вы инженер по профессии, мистер Гальтон, или же преподаватель физики?"

"Нет, сэр—я всего лишь страстный любитель всевозможных естественных наук! Конечно, мне трудно состязаться с моим кузеном Чарльзом, величайшим натуралистом современности. Честно говоря, он находит некоторые из моих занятий весьма эксцентричными!"

"Пожалуй, это так," улыбнулся Дарвин, "и всё же я чрезвычайно ценю твой нескончаемый энтузиазм, Фрэнсис, и твои парадоксальные идеи! Ты несомненно унаследовал от нашего деда, знаменитого учёного Эразма Дарвина, гораздо более живое воображение, чем я. Именно поэтому я охотно ввёл тебя в курс наших интересов, не только в области путешествий во времени, но и в том, что относится к необычайному тексту, записанному мистером Додсоном со слов Алисы. Мы будем рады выслушать твои соображения!"

Всем было видно, что мистер Гальтон был в чрезвычайном возбуждении. Он быстро прошёлся несколько раз по кабинету Дарвина, чуть не уронив дорогую модель парусника "Бигль" прямо на Алисины банки с коллекцией морских желудей. Алиса едва успела поймать модель знаменитого корабля. Наконец, Гальтон успокоился и сказал:

"Джентльмены—а также, конечно, Алиса! Я встречался в этом доме со многими знаменитыми учёными. Однако далеко не каждый день можно одновременно повстречать путешественника, прибывшего из конца нашего века, и получателя посланий из ещё более отдалённого будущего! Конечно же, я читал удивительную книгу мистера Додсона—я думаю, её прочли все, или почти все, англичане! У меня даже есть её первое издание, с рукописным посвящением автора, представляющим собой акростих, сложенный по первым буквам моего имени! Мистер Додсон хотел, чтобы я вернул ему эту книгу, поскольку он недоволен качеством иллюстраций, которые и вправду несколько смазаны—но я ни за что не хочу с ней расставаться!"

"Храни её бережно, Фрэнсис," сказал Дарвин с улыбкой. "Может быть, придёт время, когда этот экземпляр будет стоить пятьдесят фунтов!" Все, кроме Гальтона, рассмеялись в ответ на эту не слишком забавную шутку.

"Здесь нет ничего смешного!" возразил Гальтон. "Первое издание Первых Посланий из Будущего через сотню лет будет бесценным раритетом! Простите моё возможное богохульство, мистер Додсон, но это было бы равносильно обладанию свитком Посланий Апостола Павла!"

"Или, скорее, Видения Иоанна Богослова," мрачно заметил Дальтон.

"Именно так!" серьёзно сказал Гальтон. "Чарльз любезно разрешил мне просмотреть его записи и протоколы вашего предыдущего заседания. Перед тем, как прибыть сюда, я снова тщательно изучил книгу мистера Додсона. По мере того, как я просматривал текст, у меня сложилось впечатление, что идеи, сформулированные учёными будущего, преобразовались, попав в сознание Алисы, и превратились в прямую речь воображаемых сказочных персонажей. Именно так я могу объяснить образы и события, заимствованные из детского обихода или волшебных сказок. Столкнувшись с чужеродными сигналами, сознание Алисы преобразовало их в знакомые ему образы: именно так могли появиться в тексте чудесный сад, домик Белого Кролика, сцена Безумного Чаепития или площадка для игры в крокет. Однако через эти безмяжные декорации проступают гораздо более зловещие темы, и если мне будет позволено, я хотел бы рассмотреть их более подробно…"

"Будь добр, Фрэнсис, продолжай!" сказал Дарвин. "Мы все очень внимательно тебя слушаем."

"Спасибо! Я изложу мои предварительные гипотезы, предположения и некоторые замечания. К моему сожалению, я должен признать, что этот необычайный текст полон неопределённости, безумия и крови; он насыщен весьма зловещими и мрачными бессмыслицами!"

Глава VI

Планы мистера Гальтона

"Прежде всего," в лекционной манере начал мистер Гальтон, водрузив на стол Дарвина толстую кипу бумажных листов, "рассмотрим тему безумия! Она пронизывает весь текст послания, полученного Алисой из будущего. Это видно из диалога Шляпника (которого Чеширский Кот особо характеризует как сумасшедшего) с не менее сумасшедшим Мартовским Зайцем. Образ Шляпника несомненно отсылает нас к известной поговорке 'безумен, как шляпник.' Заметьте также, что Чеширский Кот откровенно сообщает: *Мы все здесь не в своём уме. И ты не в своём уме...,* а также *Если бы ты была в своём уме, ты бы сюда не пришла.* Алиса прямо заявляет: *Я не хочу находиться в обществе безумцев!...* Это, несомненно, указывает на то, что в обществе будущего чрезвычайно распространены психические заболевания!"

"Но каковы могут быть причины этого?" спросил Додсон.

"Таких причин много!" сказал Джон Дальтон, который слушал речь Гальтона чрезвычайно внимательно. "Загрязнение воздуха, вызванное промышленным развитием, уже сегодня является бичом ваших городов, прежде всего Лондона. Сама поговорка 'безумен, как шляпник' отражает профессиональное заболевание нервной системы, которое вызывается ртутным отравлением."

"Несомненно," согласился Гальтон, "по мере того как цивилизация удаляется от Природы, душевное здоровье человека подвергается всё большему воздействию химических веществ. Промышленными отходами наполнены воздух, которым мы дышим; пища, которую потребляет человек и его домашние животные; и прежде всего—вода! Всё это, кажется мне, неизбежно должно привести к изменениям—изменениям неестественным, нежелательным и, скорее всего,—неуправляемым! Я позволю себе снова процитировать Главу Первую этого таинственного послания: *Если выпить слишком много из бутылки с этикеткой 'яд', то почти наверняка рано или поздно вы почувствуете недомогание'.*"

Дарвин кивнул: "Обратите внимание также на мотив перца в доме Герцогини. В Главе Шестой сказано *'В воздухе несомненно было слишком много перца.'* Это может быть указанием на чрезвычайно загрязнённую атмосферу Земли, наполненную раздражающими химикалиями, которые затрудняют дыхание и, возможно, влияют даже на рождаемость и наследственность. Мы видим, как младенец превращается в поросёнка! В кухне Герцогини все чихают, кроме Чеширского Кота, что может указывать на возникновение сильных аллергических реакций и всевозможных лёгочных заболеваний, специфических для человеческого организма."

Уэллс, раскрыв книгу, нашёл нужную цитату: "'*Что стало с младенцем?' 'Он превратился в поросёнка.' 'Я так и думал.'* Вполне вероятно, что наследственность человека изменится также под влиянием промышленного электричества и магнетизма, которые несоменно станут обыденными в будущем; воздействие этих сил природы на живые организмы пока что совершенно неясно."

"Более того," добавил Дальтон, "можно предположить, что в этой главе, которая так и называется—'Поросёнок и перец,' мы имеем дело с описанием *химического оружия* будущих эпох в бессознательной интерпретации Алисы. Не исключено, что в своём безумии завоеватели будущего не остановятся перед тем, чтобы отравить воздух и воду с помощью распыления ядовитых газов или жидкостей!"

"Однако," возразил Додсон, "трудно представить себе, чтобы цивилизованные народы прибегали к ядовитым химикатам в военных целях. Такое трусливое и дикарское поведение навсегда заклеймит бесчестием любого генерала или офицера, отдавшего подобный приказ. А кроме того, противник может ответить такой же химической атакой."

"Но неужели такое ужасное оружие возможно в наши просвещённые времена?" в ужасе вскричала Алиса.

Никто из присутствующих не дал на это ответа. Все сидели молча, пытаясь представить невообразимый ужас химических войн будущего.

Первым прервал молчание Фрэнсис Гальтон. "Как сказано в этой книге, *Всё неверно с начала и до конца...'* В дополнение к теме безумия, мы постоянно встречаем упоминание о кровавых казнях, особенно к концу книги. Я полагаю, что в сознании нашего мужественного медиума именно этот мотив породил игральные карты *красной* масти—сказочное Червонное Королевство, с его Королём, Королевой, Валетом и прочими карточными персонажами. Сама Алиса предстаёт протагонистом, который сражается со злодеями. В данном случае мы имеем дело с достаточно традиционным сказочным мотивом, хотя его фольклорный источник мне неясен."

"Может быть, это влияние континентальных волшебных сказок, которые я читала в детстве? Во многих из них действуют храбрые девочки!" предположила Алиса. Она внимательно следила за дискуссией, и ей хотелось внести свой вклад в увлекательный разбор таинственного текста.

"Ты имеешь в виду Красную Шапочку?" улыбнулся Додсон.

"Это сказка для совсем маленьких детей!" ответила Алиса. "Но как насчёт сказки Гофмана *Nußknacker und Mausekönig*? Там главное действующее лицо—девочка по имени Мари Штальбаум. Она сражается со злым Мышиным Королём. А моя самая любимая героиня такого рода—это отважная Герда в *Снежной королеве* Андерсена."

"Отличное наблюдение!" с одобрением сказал Додсон. "Добавим также пьесы графа Гоцци в старинном стиле *commedia dell'arte*. Несколько лет назад мы с тобой видели на сцене его *L'amore delle Tre Melarance*, а ведь действие этой сказки происходит в карточном королевстве!"

"Каков бы ни был источник сказочных образов, возникших у Алисы под влиянием послания из будущего," сказал Гальтон, "карточные игры сами по себе гораздо менее агрессивны, чем Червонная Королева в этом тексте. В этом безумном образе несомненно содержится важнейшая и весьма неприглядная информация о будущей цивилизации! Я вижу кровавых деспотов, императоров или диктаторов, вновь и вновь порабощающих человечество, выносящих приговор до вердикта, рубящих головы всем и каждому—заслуженно или незаслуженно!

"Далее: мне кажется, что *подземное* расположение Страны чудес само по себе имеет значение. Алиса попадает в эту Подземную страну—так сказать, в *Underland*—через кроличью норку. Однако легко видеть, что в её сознании этот естественный туннель сливается с лондонской подземной железной дорогой—одним из наиболее удивительных достижений современной цивилизации! С тех недавних пор, когда первая линия её была проведена компанией 'Метрополитен рэйлуэйз' от Пэддингтона до Фаррингтона, эта 'подземка' стала определяющей чертою нашего великого города!"

"Я об этом тоже думал!" сказал Додсон. "И в то же время, нисхождение в кроличью норку несоменно отражает путешествие Данте в преисподнюю—только у Алисы не было проводника, каким был Вергилий для великого флорентийца. И насколько разнится то, что видели они в Подземной стране!"

Здесь, ко всеобщему удивлению, Алиса неожиданно процитировала несколько строк из *Божественной комедии*:

> *"Poi ch'innalzai un poco più le ciglia,*
> *vidi 'l maestro di color che sanno*
> *seder tra filosofica famiglia.*
> *Tutti lo miran, tutti onor li fanno:*
> *quivi vid' ïo Socrate e Platone,*
> *che 'nnanzi a li altri più presso li stano."*[14]

"Мы прочли часть этой книги с моей учительницей итальянского языка," скромно добавила она. "Хорошо, что Данте поместил всех греческих философов в Круге Первом. Его *Инферно* по мере нисхождения становится всё инфернальнее и инфернальнее…"

"Но почему же в нашем тексте изображена именно Подземная страна?" спросил Дарвин.

"Это-то как раз очевидно!" ответил Уэллс. "Скорее всего, человечество будущего живёт под землей. Уже с концом

Ледникового Периода наша планета вошла в эпоху глубоких изменений атмосферы. Очень скоро станет просто невозможно жить на поверхности Земли! К тому же, промышленное загрязнение—тот самый всепроникающий перец на кухне Герцогини!—приведёт к тому, что людям станет всё труднее и труднее дышать. Добавьте сюда всё новые и новые средства войны—летающие бомбы, воздухоплавающие машины! Всё это неизбежно заставит человечество ретироваться в глубокие подземные туннели. Люди превратятся в кобольдов и гномов из древних легенд. Поезда нашей Подземки—всего лишь первый шаг по направлению к дантовскому аду!"

Алисе тут же вспомнились любимые древнегреческие мифы. Она воскликнула: "Но ведь ещё задолго до того, как Данте спускался в Ад, там побывали многие другие! Одиссей отправился в Гадес, чтобы услышать прорицания Тиресия... Бедный Орфей спустился туда за Эвридикой... А Персефона спускается и возвращается каждый год."

"А также Озирис, и персонажи многих хтонических мифов, общих для египтян и греков," кивнул Дальтон. "Между прочим, говоря о Египте, я вижу ещё один факт, который мы все совершенно упустили из виду!"

"Что вы имеете в виду?" спросил Додсон.

"А то, что 4 июля 1862 года, вы, сэр, и ваши спутники, совершали лодочную прогулку именно на том участке Темзы, который мы называем *Айзис*!"

"Конечно же!" воскликнул Уэллс. "*Isis*, иначе говоря— Изида, мать Гора, богиня магии—и в то же время покровительница детей! Всё сходится! Ещё одно указание на то, что послание было адресовано именно Алисе!..."

Алиса снова отозвалась стихами, на на этот раз шутливо перелагая эпизод из Главы Двенадцатой всё тех же подземных приключений:

"Тут есть ещё улики… Вот письмо,
Написанное обвиняемым—кому-то…"
"Кому же адресовано оно?"
"Да никому!…"
"Однако если это
Безумие, в нём есть свой метод!…"

"А может быть, послание просто было направлено в Оксфорд?" предложил Додсон, всегдашний патриот своей великой *alma mater*. "Если бы я был человеком будущего, я бы несоменно адресовал его в самое лучшее учебное заведение в мире! У нас в Оксфорде имеются десятки специалистов по всем языкам, от ассирологов до синологов, которые наверняка способны расшифровать любой текст!"

"Но почему бы тогда не направить его в Кембридж?" возразил Дарвин, окончивший этот знаменитый университет в 1831 году со степенью бакалавра искусств. "Именно там сосредоточены главные специалисты по естественным наукам, которые могли бы разобраться в физическом процессе передачи сигнала из будущего."

"Однако не исключено, что сигнал этот был направлен непосредственно на Алису!" заметил Дальтон. "Не надо недооценивать чувствительность детского организма! С возрастом мы становимся гораздо менее восприимчивы."

"Конечно," согласился Додсон. "И не забывайте, что именно Алиса в будущем может стать самым известным английским ребёнком в истории! Если, конечно, мода на *Приключения Алисы в Стране чудес* не утихнет; но судя по тому, что рассказывает мне мистер Уэллс, к 1898 году тираж этой книги достигнет 150 000 экземпляров![15] Возможно, что я даже получу заметную прибыль от гонораров за эти издания."

"Да," заметил Дарвин, "в этом тексте наверняка есть нечто загадочное, если он имеет такую власть над читателями будущего. Но, пожалуйста, Фрэнсис—продолжи своё сообщение!"

"Наконец," объявил Гальтон, перебирая свои заметки, "в дополнение к уже перечисленным мною и крайне неприятным мотивам *безумия*, *казней* и *подземного мира*, мы встречаем в этом тексте очень необычную тему *искажённого времени*. Она очевидна в Главе Седьмой, которая называется 'Безумное Чаепитие.' Мне кажется, что эта тема чрезвычайно важна для понимания всего текста книги—иначе говоря, всего послания. Однако мне придётся отложить более подробное обсуждение этого вопроса, поскольку я ещё недостаточно хорошо разбираюсь в современных теориях о природе времени. Насколько я знаю, эта тема в науке мало исследована."

"Природа времени остаётся загадкой и в конце века," сообщил Уэллс. "Новые математические теории только начинают описывать свойства пространства-времени. Я думаю, что с помощью Машинетты нам наверняка удастся внести свой практический вклад в эти рассуждения!"

"У меня есть предчувствие катастрофы!" мрачно продолжал Гальтон. "Все религии, все пророчества в один голос говорят нам о Конце Времён! Может ли быть, что Святой Иоанн или Нострадамус получали послания из будущего, подобные посланию Алисы? Ведь нам прямо сообщается, что Время кончилось—остановилось, застыло у того стола, за которым происходит Безумное Чаепитие! Весьма странными предстают взаимоотношения персонажей книги со Временем: *Ты с ним, наверно, никогда и не разговаривала!... Зато не раз думала о том, как бы убить время!... Убить Время! Разве такое ему может понравиться!*"

"Всё это может означать," заметил Дальтон, "что в том будущем мире, откуда пришло послание Алисы, уже произошли какие-то изменения в структуре времени. Может быть, человечество нарушило саму его природу? Вмешиваться в такие дела очень опасно—особенно в присутствии мощных источников энергии!"

"Безумное Чаепитие," сказал Гальтон, "замкнуто во временно́й петле: '—*Выпьем чашку и пересядем к следующей.' 'А что будет, когда вы дойдёте до конца?*' И хуже всего, что именно в этой сцене содержится горькая и прозрачная насмешка над самой Наукой. Вот, послушайте: '*Если вам нечего делать, придумали бы что-нибудь получше загадок без ответа. А так вы только попусту теряете время!*'"

"На этом я закончу свои наблюдения. Я благодарю тебя, Чарльз, за эту возможность донести мои соображения до Клуба Времени, и надеюсь, что я теперь состою полноправным членом этого замечательного Клуба. Я предвижу, что когда широкой публике станет известно о наших находках, это, конечно, произведёт невероятную сенсацию —оставив далеко позади Шампольона с его Розеттским камнем! Эта маленькая книжка, конечно же, будет подробнейшим образом изучаться поколениями учёных-энтузиастов!"

"Благодарю тебя, Фрэнсис!" ответил Дарвин. "А я в свою очередь предвижу," сказал он, несколько неуклюже пытаясь разрядить гнетущую атмосферу, "бесчисленные тома, которые издадут мои коллеги-зоологи с подробнейшими объяснениями повадок Грифона, Псевдо-Черепахи и в особенности Чеширского Кота, бессмертные речи которого к тому времени переведут на десятки языков—от латыни до русского и аппалачского!"

Никто не улыбнулся.

"Это предмет не для шуток!" сказал Уэллс. "Я уверен, что все научные журналы и общества всех стран вступят в жестокое состязание за верное истолкование этого первого в истории человечества письма из будущего!"

"Зачем же нам ждать, пока это произойдёт?" воскликнул Додсон. "Мы должны сами работать над расшифровкой послания Алисы! И было бы чрезвычайно интересно найти другие подобные сигналы—но где же их искать?"

"Я сразу подумал о таких городах, как Дублин или Прага, с их давней традицией мистических контактов," сказал Уэллс.

"А я подумал о Стоунхендже," отозвался Дарвин.

"А я—о Дельфах и о египетских пирамидах!" воскликнула Алиса.

"В мире может существовать немало таких 'тонких мест', куда легче проникает сигнал из будущего," сказал Додсон. Он улыбнулся: "Возможно, нам могут помочь сторонники спиритизма!"

"Джентльмены! Это всё очень интересно," сказал Гальтон, "но мне кажется, что у нас нет времени на такие научные изыскания. Взгляните: послания Алисы были получены ею в 1862 и 1863 годах, а Машинетта досталась Уэллсу в 1898-м. Это значит, что за тридцать пять лет с нашей стороны не было сделано ничего, чтобы изменить существующее положение! Вы забываете о срочности и о трагическом тоне этих посланий. Даже если мы поняли только несколько предложений из всего этого текста, мы уже видим, что в нём идёт речь о чрезвычайно тяжёлой ситуации. Мы должны действовать! Мне совершенно очевидно, что нас просят о помощи!"

"Но что же мы можем сделать?" спросил Дарвин в недоумении. "Не можем же мы изменить течение истории!"

"Не исключено, что можем!" воскликнул Гальтон. "У меня есть план! Мы должны разработать подробную программу и действовать именно с этой целью!

"Послание Алисы ясно показывает нам трагический облик будущего. Нетрудно угадать, что технология в то время достигнет небывалого развития. У человечества будут аппараты, с помощью которых можно посылать сигналы в прошлое, такие, как Послание Алисы! У них будут аппараты для путешествий по времени, подобные Машинетте! Но также нетрудно и угадать, что человечество пережило—или всё ещё переживает—рукотворный Апокалипсис. Всемирный военный конфликт, может быть, идущий постоянно; новые глобальные Наполеоны с ужасными видами оружия, какие мы и не можем себе представить; потеря направления; всеобщее безумие; потоки крови! Может быть, и само время остановилось, и пространство рухнуло, и вещи изменили свою форму, как во всемирном припадке метаморфопсии. Их время _вывихнуло сустав_—не в переносном смысле, а в буквальном!

"Мы должны попытаться повернуть ход исторических событий, чтобы такое будущее не реализовалось! Мы не знаем, сколько веков отделяет нас от гибнущей цивилизации будущего, но мы видим, что они выбрали нас! Это не случайно: значит, именно наше время, XIX век, остаётся наиболее разумным и надёжным по сравнению с теми веками, которые придут ему на смену! Все истинные изменения в истории происходят только от научных знаний и новых изобретений, от Галилеев и Фарадеев! Однако слишком часто их достижения оставались непонятыми и были забыты; слишком часто человечество возвращалось в Тёмные Века! Наше предназначение, джентльмены— исправить ход истории человечества! И нам дали для этого инструмент!

"У нас есть Машинетта!

"Я не верю, что этот аппарат был потерян в 1898 году неким посетителем, подобно тому как люди теряют часы на прогулке по вересковой пустоши или же забывают корзинку для пикника на обочине дороги. Мне ясно, что Уэллса специально направили к аппарату, и что те, кто оставил его—кто бы это ни был—хотят, чтобы мы использовали эту небывалую машину! Мы поможем Уэллсу в путешествиях по XIX веку; мы проникнем настолько далеко в прошлое, настолько нас сможет доставить Машинетта! Мы объединим усилия учёных и изобретателей прошлого и будущего, всех, кто умер неизвестным и непризнанным! Совместно мы создадим и раскинем сеть умов, теорий и практических достижений!

"Мы соединим блестящие умы 1820-х годов—вашего времени, Дальтон!—с потрясающими открытиями 1890-х—вашего времени, Уэллс! Мы позаботимся о том, чтобы чудесные идеи не забывались, чтобы они появлялись в срок—а не так, как твой труд 1859 года, Чарльз, которому пришлось ждать двадцать лет, потому что многие считали его слишком опасным!

"Более того: нам надо изменить сегодняшний хаос, который существует по отношению к самому ценному товару: к человеческому интеллекту! Наша Армия Талантов будет набрана со всего мира, мы призовём их в Англию—и сегодня, в 1866 году, и во всех прошлых и будущих десятилетиях, куда только сможет достичь Машинетта! Мы сделаем Англию мировым центром просвещения, а не местом политических скандалов или колониальных аппетитов!

"Уэллс, нам нужен ваш Гульельмо Маркони, здесь и сейчас, и в прошлом! Может быть, он согласится сотрудничать с нами, чтобы медленно и надёжно распространить его беспроволочные коммуникации в прошлых десятилетиях, постепенно улучшая историю—петля за петлёю, как паук плетёт свою сеть! Нам нужно построить Аналитические машины Бэббиджа в каждом университете, в каждом десятилетии!

"Нам нужны сотни молодых Маркони и Бэббиджей! Мы отберём—и купим, если надо!—самых талантливых детей всех рас со всего света; мы наймём лучших профессоров, чтобы их обучить. Мы стократно увеличим Оксфорд и Кембридж, поместив туда столько талантов, сколько не бывало в истории; мы возродим на всемирном уровне Академию Платона!

"Насколько хватит у нас времени жизни, отведённого судьбою, мы соберём и применим все изобретения; мы покорим силы Природы: свет, эфир, магнетизм; эти прометеевы духи будут служить нам в новых хитроумных машинах и инструментах! Мы займёмся улучшением и самого человеческого рода: изучая и излечивая тяжкие болезни, мы усовершенствуем методы медицины. Руководствуясь опытом и знанием, мы станем мудрыми советниками королей и президентов!

"Наука не должна оставаться, как сегодня, салонной игрою и не должна развиваться хаотическими скачками. Но прежде всего мы должны полностью остановить безумную разработку новых вооружений! Все великие державы тратят на это неимоверное количество интеллекта и человеческих ресурсов, создавая средства для бессмысленных будущих войн!

"И когда-нибудь, я верю, настанет время *софократии*, власти мудрецов, которых люди изберут в свои правители—вместо вырождающихся аристократов сегодняшнего дня. Возможно, в будущем даже придётся вывести породу таких мудрецов, как мы выводим чистокровных лошадей—но сейчас у нас на это нет времени.

"Совместными усилиями, может быть, нам удастся вкатить этот Сизифов камень на вершину горы, перевести

Поезд Времени на другой путь—или, вернее сказать, изменить русло Реки Времён!"

Наступило молчание. Никто из присутствующих не решался заговорить после этого взрыва энергии. Речь, которую произнёс перед ними кузен Дарвина, описывала нечто совершенно невероятное—или то, что было бы невероятным при обычных обстоятельствах. Однако обстоятельства сложились чрезвычайно необычные!

Наконец Додсон произнёс: "Но ведь нас так мало! Да и можем ли мы вообще изменить то, что предначертано Божественным Провидением—даже если будущее предстаёт настолько неприглядным?"

"Давайте примем в качестве рабочей гипотезы," сухо ответил Гальтон, "что Провидение *хочет*, чтобы мы изменили ход истории! Иначе Оно бы не избрало нас для этой цели!"

"Но если это так," рассудительно спросил Дарвин, "то что же мы скажем людям? Имеют ли они право знать обо всём этом? Все эти действия, которые ты предлагаешь, Фрэнсис, не могут остаться незамеченными, особенно в таких масштабах! А если наши цели, в особенности существование Послания Алисы и Машинетты, станут известны, это только породит панику и апокалиптические бунты. Вспомните, как в 1791 году в Бирмингеме толпа атаковала Джозефа Пристли, открывателя кислорода!"

"Я думал об этом," ответил Гальтон. "Начать нужно будет с тайных контактов, как делают масоны, со всеми предосторожностями. Вначале нам необходима только небольшая группа соратников. Может быть, всего несколько десятков сегодня, в 1866 году: это будут только самые надёжные люди, которым мы доверяем. Секретные общества действуют подобным образом в течение столетий. Мы прикинемся розенкрейцерами или иллюминатами—а ещё лучше мистиками, последователями Сведенборга; на этих никто не обращает внимания!"

"Я займусь контактами в моём времени, а Уэллс—в своём!" сказал Дальтон. "Однако сообщение между десятилетиями будет весьма ограничено. Уэллс—единственный из нас, кто может управлять Машинеттой, и за один раз он может перевозить только одного человека. Нам придётся установить постоянную сеть агентов в других десятилетиях."

"Это наверняка возможно! Мой первый контакт с леди Лавлейс был очень успешным," сообщил Уэллс. "Она согласна работать с нами. Согласился сотрудничать и Чарльз Бэббидж—и в 1840-х годах, и сейчас."

"Ещё одно замечание, Фрэнсис," сказал Дарвин. "Ты происходишь из состоятельной семьи, но неужели ты собираешься сам оплачивать все эти расходы?"

"Да, нам нужны будут лаборатории!" сказал Дальтон. "Оборудовать даже один физический кабинет стоит огромных денег. Надо искать финансовую поддержку."

"Как было бы хорошо, если бы нам помогла королева!" неожиданно воскликнула Алиса. "Ведь она—самый могущественный и богатый властелин в мире, не правда ли? И конечно же, она поймёт и поддержит нас!"

Все взглянули на Алису.

"А ведь это разумное предложение!" сказал Дарвин. "Если нам удастся привлечь Викторию на свою сторону, это будет для нас громадным преимуществом. Но как связаться с Её Величеством, не привлекая внимания?"

"Это как раз возможно," сказал Додсон. "Я знаю, что королева проявила интерес к *Приключениям Алисы*. Кажется, она уже прочитала эту книгу. Здесь, между прочим, возникла забавная путаница: кто-то послал Её Величеству мою следующую книгу, озаглавленную *Элементарное руководство по теории детерминантов*! (Это, по-моему, тоже неплохая книга, если говорить о математических сочинениях.) А кроме того, я знаком со многими лицами в высшем свете, поскольку я делал фотографии их детей; я давно уже этим занимаюсь. Хотя у меня и нет прямого доступа к королевской семье, некоторые из моих знакомых занимают весьма высокое положение!"

"Давайте же добьёмся аудиенции!" сказал Гальтон. "А тем временем, изложим все свои планы и соображения на бумаге. Если Королева согласится с нами встретиться, она должна сперва прочесть наши предложения!"

Глава VII

Алиса встречается с королевой

Алиса втайне надеялась, что Её Величество примет их сидя на своём троне, в парадном облачении, окружённая блестящей толпою придворных; однако в действительности всё произошло по-другому. В Букингэмский дворец Алиса, Додсон и Уэллс попали даже не через главные ворота. Их провели незаметным боковым проходом, по вполне обычным лестницам, в небольшую, элегантно обставленную гостиную. Именно здесь должна была произойти их встреча—самая важная за всю долгую историю царствования королевы Виктории.

В гостиную вошёл изысканный пожилой джентльмен и представился посетителям. Додсон сразу же узнал нового премьер-министра—лорда Дерби, одного из наиболее известных выпускников Крайст Чёрча. Для Уэллса, прибывшего из будущего, премьер-министр принадлежал уже к давней, хотя и важной, исторической эпохе. Лорд Дерби возглавлял правительство уже в третий раз: его консервативный кабинет был сформирован совсем недавно, в июне 1866 года.

Алисе вспомнились первые строчки *Илиады*, недавно переведённые лордом Дерби:

> *"Муза, воспой Пелеева сына, Ахилла,*
> *Гнев глубочайший и грозный…"*

Двое дворцовых слуг подали чай и безмолвно удалились. Завязалась светская беседа. Премьер-министр держался холодно и не выражал особенной радости по поводу встречи.

Прошло около двадцати минут, и в комнату вошла королева Виктория, одетая в чёрное, всё ещё в трауре по своему супругу. Королева с достоинством приветствовала посетителей. Трое мужчин поклонились. Алиса сделала книксен: голова её слегка кружилась—она впервые увидела горячо любимую монархиню вблизи. Королева была похожа на свои портреты, но лицо её было печальным и решительным. Она обратилась к посетителям: "Джентльмены—и мисс Лидделл! Я прочитала вашу докладную записку. Я считаю, что сложившиеся обстоятельства необычайны и исключительны!" Королева подошла к Алисе и взяла её руку в свои ладони. "Дитя моё," сказала она, "через какие же ужасы пришлось тебе пройти, чтобы принять и передать это пророческое послание! Твоё мужество и твёрдость заслуживают высокой похвалы. Девять из десяти девочек вряд ли бы выдержали такое испытание без серьёзных последствий для своего душевного здоровья.

"Я прочла *Приключения Алисы в Стране чудес*, когда эта книга появилась в прошлом году," продолжала королева. "Я перечитала её с гораздо большим вниманием после получения вашего письма. Сперва эта книга действительно выглядит как собрание забавных детских бессмыслиц. Но если в ваших догадках есть хотя бы малая доля правды—то я чрезвычайно обеспокоена тоном этого текста, или, вернее сказать, этого чрезвычайно яркого видения.

"Реальность послания из будущего не представляется мне особенно фантастической. Совсем недавно открыт магнетизм и изобретён телеграф. Технические таланты человечества, видимо, не имеют границ. Но похоже, что гораздо более ограничены его способности укрощать свои дикие, свирепые инстинкты, так сильно потрясшие мир в последние десятилетия.

"Этот текст—*Послание Алисы*, как вы называете его в своих подробных комментариях—особо убедителен, поистине гипнотически ясен там, где он описывает бессмысленное кровопролитие—как если бы мы снова очутились в тёмном Средневековье. Я не обладаю опытом расшифровки таких текстов, да и навряд ли найдутся сейчас специалисты, способные полностью истолковать это послание, если оно действительно пришло из будущего. Десятилетия пройдут в работе исследователей, в их попытках понять эту маленькую книжку, которая сегодня всё ещё считается плодом вашего таланта, мистер Додсон. Возможно, каждая эпоха увидит в ней новые значения, как в китайской гадательной книге. Я тоже записала свои наблюдения. Из них предстаёт надвигающийся кошмар— жестокие и неприглядные будущие времена."

"Вот несколько цитат." Королева достала записную книжечку в переплёте из слоновой кости и серебряный карандаш. "Не надо быть историком, чтобы увидеть в этих словах леденящее кровь свидетельство о деспотических режимах будущего—новые Кромвели, новые Бонапарты у власти! Слушайте!"

- *"Похоже, что здесь вообще нет никаких правил."*
- *"Если я не заберу этого младенца с собою... они его наверняка прикончат через пару дней: оставить его здесь будет равносильно убийству..."*
- *"Отрубить ей голову!"* [о Герцогине].
- *"Отрубить им головы!"... "Отрубили ли им головы?"* [Червонная Королева].
- *"Если ничего не предпринять, она всем отрубит головы."*
- *"Если у кого-то есть голова, то её можно отрубить"* [Червонный Король].
- *"Они здесь страшно любят рубить всем головы: чудо, что кто-то ещё остался в живых!"*

"Действительно, чудо!" печально сказала королева. "Вот вам и Страна чудес, мистер Додсон! Они рубят головы направо и налево; сначала приговор, потом вердикт! Сколько раз это уже повторялось в истории! Они снова мажут красной краской белые розы: уж не Йорки ли с Ланкастерами вернулись на сцену? Мне больно думать, что судьба цивилизации может быть замкнута в безысходном круге войн и жестокости. Это вовсе не та Pax Britannica, о которой я мечтала!"

Алису пронизала дрожь. Видения 4 июля 1862 года снова всплыли в её памяти, на этот раз задержавшись чуть дольше, чем обычно. Ей живо вспомнилась безумная Червонная Королева, так непохожая на ласковую Викторию: чистое воплощение слепой и бесцельной ярости, настоящая древнегреческая фурия![16]

"На картинках мистера Тенниела Червонная Королева получилась гораздо спокойнее," подумала Алиса. "Что же пытаются сказать нам эти жуткие образы, пришедшие из будущего? Злодеи-узурпаторы на тронах, Калигулы и

Аттилы у власти? Многократно повторенный ужас французского Террора?"

"Ваше Величество!" сказал Уэллс. "Времена меняются. Что касается меня, то я придерживаюсь республиканских взглядов, и никогда не был сторонником нашей старомодной политической системы, 'коронованной республики'. По моему убеждению, каждый англичанин—и каждая англичанка—должны иметь право голоса."

"Англичанка?" вскинул брови лорд Дерби. "Неужели в ваши времена женщинам позволено голосовать? Мой канцлер казначейства, мистер Дизраэли, только сейчас пытается провести билль о парламентской реформе, который позволил бы распространить право голоса на большую часть мужчин в пределах городов…"

"В моё время в Англии у женщин пока ещё нет права голоса," признался Уэллс, "но оно уже существует в некоторых из наших самоуправляемых колоний. С 1893 года им обладают жительницы Новой Зеландии, а с 1894 и Южной Австралии. И тем не менее Империя не пала! Царствование Вашего Величества к концу столетия выглядит прочным как никогда. Войны схлынули. Континент спокоен, невзирая на патриотические заблуждения немцев; и я надеюсь, что англичане не предадутся расплывчатым восторгам современного империализма![17] Военная мощь России неоспорима, но уже виден конец непрестанной Большой Игре: в конце 1880-х очерчены границы Афганистана. Нет более индийских мятежей. Если я когда-нибудь напишу универсальный 'Очерк истории' для широкой публики, Викторианская Эра займёт в нём место как время высшего развития цивилизации, сравнимой только с Римской империей."

"Нам всем хорошо известно, как закончилась история этой Империи," вздохнула Виктория. "Ничто не длится вечно. Мистер Уэллс! Ваши рассказы и планы представляются невероятными—и всё же мне кажется, что в них видна рука Провидения. Может быть, именно с вашей помощью Оно вручило человечеству орудие для того, чтобы изменить свою судьбу?"

Лорд Дерби скептически обратился к Уэллсу: "Но какие же материальные доказательства имеются у вас, что ваши путешествия во времени могут изменить исторические события—а тем более, улучшить их?"

"У меня есть такое доказательство," торжественно заявил Уэллс. "Пока что оно было известно только моим коллегам по Клубу Времени. Оно может показаться фантазией, но я клянусь, что это действительно произошло!

"Вскоре после того, как Машинетта попала в мои руки и я стал экспериментировать с путешествием во времени, я решил, что должен увидеть решающие битвы Крымской кампании. Вам это может показаться наивным, но для мальчика, который вырос—точнее сказать, вырастет—в 1870-х годах, этот русский полуостров представляется местом древних сражений, наподобие Саламина или Гавгамел.

"Не углубляясь в подробности, которые я могу изложить в особом отчёте, я вкратце расскажу вам, что произошло. Я отправился в Россию в качестве туриста и прибыл в Севастополь в августе 1898 года. В наше время в Крыму нередко можно встретить английских туристов, посещающих могилы наших солдат: более сотни таких могил находятся в Севастополе и Балаклаве. С помощью подробной исторической карты я смог отыскать места, где во время войны располагались наиболее важные позиции.

"Я направил свою чудесную машину в 1855 год. Я хотел своими собственными глазами увидеть знаменитую вторую волну артиллерийской атаки 9 апреля 1855 года, когда русские потеряли шесть тысяч человек за одну ночь. Тогда я ещё не знал, что Машинетта иногда испытывает трудности при нахождении цели в пространстве. Не исключено, что чувствительное равновесие пространства-времени было в тот момент нарушено невероятной интенсивностью артиллерийской канонады. Я мог стать одной из шести тысяч жертв этой ночи, когда Машинетта приземлилась на стороне противника, прямо на Четвёртом бастионе русских, во время самой жестокой бомбардировки его нашими войсками!

"Меня увидел молодой русский офицер в тот момент, когда я ещё висел в воздухе над самым бруствером (Машинетта опускает вас на землю постепенно, отыскивая надёжное место). На мне был егеровский шерстяной костюм, сразу же выдававший мою штатскую природу. Офицер, ошеломлённый своим видением, тем не менее бросился ко мне и попытался меня задержать. Схватившись, мы упали и скатились кубарем на дно бастиона. Именно это спасло нас обоих от верной гибели: над нами тотчас же взорвался английский артиллерийский снаряд! Как только я смог выпутаться из объятий офицера, с весьма неубедительным криком 'Я не шпион!' я дотянулся до хрустальных рычагов Машинетты и покинул 1855 год.

"Вернувшись в безопасный 1898-й и переместившись в Лондон, я осознал, что мне знакомо лицо лейтенанта, который спас меня—или, вернее сказать, мы спасли друг друга! Если бы мы тогда не скатились вниз (заработав при этом немало синяков и шишек), снаряд несомненно разорвал бы в клочья нас обоих, и мы вошли бы в число шести тысяч жертв той памятной ночи. Я откуда-то знал это лицо! Среди моих знакомых не так много русских; значит, подумал я, это кто-то известный, кого я знаю по изображениям. Ему было около тридцати лет во время битвы 1855 года; стало быть, в 1898-м ему уже под семьдесят, и он наверняка носит бороду (в моё время бороды снова вошли в моду повсеместно). Было уже поздно, и я решил отправиться в библиотеку первым делом на следующее утро; однако тем временем я стал листать книги и журналы на своих полках в поисках портрета какого-то известного, пожилого русского бородача—и в течение десяти минут я его нашёл!

"В 1866 году вам он вряд ли известен—но вы можете найти его имя и проследить за ним впоследствии. Это— граф Лев Толстой. Уже в 1855 году вышли его *Севасто-польские рассказы* с подробными описаниями Крымской войны, хотя там и не упоминается наша краткая схватка. Сегодня ему нет ещё и сорока лет. Ему ещё предстоит написать величайшие литературные произведения XIX века. Через три года выйдет его знаменитый роман *Война и мир*, о наполеоновской войне с Россией.

"Я почти уверен, что этого писателя *вообще не суще-ствовало* в моей предыдущей версии 1898 года, до моего путешествия в Крым. Я смутно припоминаю, что в том мире, где я жил, не было писателя Толстого! Невероятно даже представить себе, что если бы я не предпринял эту неосторожную вылазку, если бы мы оба не скатились тогда по ступенькам, лейтенанта Толстого разорвало бы взрывом английского снаряда на Четвёртом бастионе, и наш век лишился бы самого великого писателя—которого многие считают даже пророком! Я, впрочем, не пред-принимал попыток посетить его и напомнить о нашей краткой встрече."

Премьер-министр молча выслушал Уэллса и обернулся к королеве. "Ваше Величество," сказал он, "по-моему, этот человек явно сумасшедший, и его надо поместить в заведе-ние для душевнобольных. Извините, мистер Додсон и мисс Лидделл, но ваш друг не имеет никаких доказательств, что он действительно прибыл из будущего. Все его монеты и одежда, равно как и этот его аппарат, могут быть искусной подделкой. Возможно, это хитрая попытка повлиять на политику Вашего Величества!"

"Сэр," обратился к нему Уэллс в отчаянии, "я могу доставить вам самое прямое доказательство, даже не предлагая вам разделить со мной путешествие во времени! Ваше Величество," он повернулся к королеве, "будьте любезны снабдить меня запиской, адресованной Вашему Величеству в 1898 год. Я добьюсь аудиенции; вы несомненно узнаете свой почерк, и может быть, соблаговолите прислать ответ!"

"Это будет излишним," с улыбкой ответила Виктория. "Не стоит беспокоить старую королеву."

Она повернулась к премьер-министру. "Лорд Дерби!" сказала она. "Поверьте мистеру Уэллсу! Я убеждена в том, что его аппарат действительно способен передвигаться по нашему столетию, как лодка вдоль берегов Темзы."

"Так оно и есть!" воскликнул Уэллс. "И с помощью этого аппарата, если только Ваше Величество пожелает, ваше царствование сможет сыграть величайшую роль в истории! Человеческие знания невообразимо умножатся; прогресс науки будет проходить под эгидой просвещённой монархии! Британия станет сияющим центром науки—единственного способа познать природу человека!"

"Ах, если бы это было так легко!" вздохнула королева. "Улучшение человечества—грандиозная задача, которую никогда не пытались решить в таком масштабе!"

Некоторе время они обсуждали доклад Клуба Времени, главным образом далеко идущие планы Фрэнсиса Гальтона. Королева сделала несколько очень точных замечаний; было видно, что она в особенности заинтересовалась идеями, относящимися к химии живого организма, изложенными в докладе на примере наследственного дефекта мистера Дальтона—цветовой слепоты. "По вашему мнению," сказала королева, "будущие успехи естественных наук позволят исправить такие виды болезней. Мне хотелось бы знать, мистер Уэллс, что достигнуто в этой области к концу века, в ваше просвещённое время? Вы знаете, джентльмены—это не является тайной,—что мой младший сын, Леопольд, страдает наследственным заболеванием..."

Алиса знала, что принц Леопольд, который был всего на год моложе её, рос болезненным ребёнком. Немногим было известно, что Леопольд страдает гемофилией, или несвёртыванием крови, от которого нет никаких лекарств.[18] Считалось, что эта таинственная болезнь поражает только мальчиков, однако наследуется со стороны матери.

"Ваше Величество," ответил Уэллс, "у нас в конце 1890-х, к сожалению, нет ещё лекарства от этой болезни, но не исключено, что оно появится—многие специалисты работают над выяснением загадочных механизмов наследственности и природы крови. Мы очень многого достигли в медицине! Антисептика, которую необходимо будет широко внедрить по всему XIX столетию, поможет спасти бесчисленное количество людей, умирающих при хирургических операциях, как в той же Крымской войне. Открытие месье Пастером невидимых глазом инфекционных организмов полностью изменит медицинскую науку всего за несколько десятилетий. Представьте, чего мы сможем достигнуть, если эти знания будут свободно доступны во все прошлые времена, куда только мы сможем их доставить с помощью Машинетты!"

"Ваше Величество!" решительно добавил Додсон. "Мы добьёмся того, что Оксфорд и Кембридж необычайно расцветут, соединёнными усилиями лучших умов всего столетия! Прислушайтесь к этим доводам! У человечества в действительности впервые появилась возможность изменить историю к лучшему, сознательным и просвещённым образом, а не безумными наполеоновскими методами. Нам предоставлены орудия для таких изменений!"

"Не слишком ли это самонадеянно," покачал головой лорд Дерби, "полагать, что течение истории можно изменить по своему желанию, простым человеческим вмешательством? В наши дни уже никто не верит в волшебство!"

"Если не считать мистера Додсона," подумала Алиса.

Королева заговорила снова. "Может быть, изменить Время и невозможно," сказала она. "Но если бы такая возможность представилась, неужели бы мы не попытались достигнуть таких изменений разумным, научным способом, как изменяем мы форму земли и течение рек, и все естественные стихии, которые вручил нам во владение Создатель? Не есть ли Время одна из этих стихий—та самая Река Времён, которую вы так живо и правдоподобно описали в своём докладе?

"Мы помним, как голландцы отвоевали свою землю у моря, дюйм за дюймом в течение столетий. Не сможем ли и мы воздвигнуть дамбы, чтобы предотвратить опасные паводки на Реке Времён? Не сможем ли мы сровнять её пороги и осушить её болота? Не сможем ли мы выстроить шлюзы и вырыть отводные каналы?

"Что знаем мы об этой Реке? Какие источники питают её? Есть ли у нее притоки? Образует ли она единый поток, или состоит из изменчивого множества мелких течений и водоворотов? Как и почему меняется её скорость? Служит ли она равным образом всем эпохам и цивилизациям, или же высыхает в какие-то времена и снова наполняется в другие?"

"Ваше Величество!" сказал Уэллс. "По моему глубокому убеждению—а мистер Додсон, будучи математиком, может не соглашаться со мной—геометрия, которой нас обучали в школах, построена на недоразумении. В действительности существуют не три, а четыре измерения, из которых три мы называем пространственными, а четвёртое—временны́м.[19] Материальная сущность Времени пока неизвестна, но именно Машинетта предоставляет нам пока что единственную возможность изучения этой природы."

"Джентльмены!" сказала королева, поднимаясь. "Мне неизвестно, достигнете ли вы успеха. Но если ваш Клуб желает предпринять действия по улучшению событий с помощью этого поистине волшебного устройства, я не буду вам препятствовать. Напротив, я помогу вам—даже если волны изменений прокатятся по Реке Времён! Ваши действия, конечно, необходимо держать в тайне, пока не придёт время их обнародовать,—может быть, только через многие годы. Мы не знаем, как скоро проявятся желаемые изменения. Приготовьтесь к долгой и неблагодарной работе. Ваша роль будет важнее, чем роль любого тайного общества в истории человечества. От мистера Уэллса и его чудесной машины зависит вся ваша деятельность: покажите нам, каким может быть будущее и как его можно изменить!

"Англичане всегда несли на себе бремя грандиозных трудов на благо цивилизации по всему земному шару, на всех его океанах. И тем не менее, при всех наших достижениях за последнее столетие, похоже, что мир снова скатывается к дикарству.

"Я верю, что Послание Алисы—подлинная весть из будущего. Его бессмыслица проникает в самую глубину души; я чувствую наступление бессмысленных тектонических сдвигов, как если бы их описал мистер Лайель![20] Ужасный сценарий![21] Увы, я не чувствую прогрессивных результатов, которые обещал нам мистер Дарвин в своей знаменитой книге. История человечества протекает, видимо, по другим законам—по крайней мере, когда она предоставлена самой себе. Говоря словами мистера Уэллса из вашей докладной записки, 'развивающаяся цивилизация может оказаться беспорядочным нагромождением материала, который в конце концов должен обрушиться и задавить строителей'![22]

"Мы не будем беспечно ждать, пока из будущего, против течения Реки Времён, накатит грязная волна, которая заполнит наше время страхом и безумием! Мы попытаемся направить Корабль Истории—который, как нам кажется, сейчас идёт в никуда. И Англия, как всегда, возглавит это движение.

"Время серьёзно *вывихнуло сустав*—и если нам суждено *вправить этот вывих*, то давайте же строить планы по спасению мира!"

Глава VIII

Краткое путешествие мистера Додсона

В марте 1867 года, после того как леди Лавлейс присоединилась к деятельности Клуба Времени, он был переименован в Корпус Времени. Корпус надеялся вскоре создать настоящую армию исследователей и изобретателей, которая объединила бы для работы лучшие таланты из всех цивилизованных стран мира—и из всех десятилетий XIX века!

Определяя задачи Корпуса, Фрэнсис Гальтон сказал: "Благороднейшая цель Корпуса Времени заключается в том, чтобы найти несколько сотен талантливых единомышленников, сообщить им о наших намерениях, и совместными трудами спасти человечество—изменить само течение истории, избежать катастрофического упадка цивилизации!"

Джон Дальтон согласился со своим другом. "Что ещё, кроме этого, можем мы предпринять?" воскликнул он. "Предаваться бездействию в то время как утрата смысла и логики охватывает весь мир и ведёт его к всё более кровавым войнам? Будем ли мы беспомощно наблюдать за тем, как безумие и дикарство, подобно зловонной, гнилой массе промышленных отходов, надвигается на нас из будущего против течения Реки Времён, чтобы отравить и уничтожить человечество? Я не собираюсь сидеть, опустив руки, и ждать такого исхода! Согласны ли вы со мною?"

"Согласны!" хором ответили все присутствующие.

Гальтон обратился к коллегам. "Могу ли я попросить Алису покинуть нас на несколько минут? Я хочу поговорить о предмете, обсуждение которого может быть не совсем уместно для её юного возраста."

Дарвин обернулся к Алисе: "Ты не возражаешь, Алиса? Пожалуйста, всего лишь на несколько минут?"

"Да, конечно," разочарованно, но вежливо ответила Алиса. Она вышла из кабинета, закрыв за собою тяжёлую дверь.

"По моему убеждению," заявил Гальтон, "мы должны способствовать тому, чтобы сотрудники и сотрудницы Корпуса Времени вступали между собою в брак! Таким образом, они смогут создать поколение детей с высочайшим уровнем интеллекта! Я называю это 'вирикультура'; мною опубликована подробная монография на эту тему..."

"Нонсенс!" воскликнула леди Лавлейс. "Я отказываюсь участвовать в любых проектах по контролю над размножением в целях создания какой-то сверхчеловеческой расы! Если вы решите осуществлять такие противоестественные планы, я выйду из состава Корпуса Времени!"

"Я согласен с леди Лавлейс," быстро вмешался Дарвин. "Такие действия, Фрэнсис, были бы по самой своей сути противны морали. Давайте попытаемся избегать подобных радикальных идей и продолжим то, что мы делаем, не оскорбляя моральные принципы наших коллег." Гальтон что-то недовольно проворчал, но не стал настаивать на своём необычном предложении, и обсуждение вопроса на этом закончилось.

Дарвин попросил Аду Лавлейс отыскать Алису и пригласить её снова присоединиться к заседанию. Найдя Алису, леди Лавлейс тут же рассказала ей о предложении Гальтона и объяснила: "Я уже замужем, и вовсе не собираюсь выходить за кого-либо другого! Мне совершенно не нравятся планы по контролю над человеческим размножением! Я, конечно, полностью поддерживаю разведение лучших пород животных, но это никак не распространяется на людей! И в любом случае, в среде учёных преобладают мужчины—а они никак не могут выходить замуж и иметь детей даже в фантастических планах мистера Гальтона!"

"Спасибо, что вы поделились со мной," ответила Алиса. "Я немного загрустила, когда меня попросили выйти. Однако что было бы плохого в том, если бы умные женщины сами, по своей воле, выходили замуж за умных мужчин? Почему дети должны страдать от того, что им достались невысокие умственные способности? Идея мистера Гальтона кажется мне вполне разумной—конечно, если людей не будут насильно заставлять заключать такие браки…"

"Я согласна с тобою в принципе," сказала леди Лавлейс, "но не нужно идти против установлений природы. Да это и не так просто устроить. Люди обычно женятся и выходят замуж по другим причинам, а вовсе не для того, чтобы спасти цивилизацию… Но нам надо идти: нас, наверно, ждут!"

Когда Алиса и леди Лавлейс вернулись в кабинет, они застали своих коллег за оживлённым разговором о всевозможных практических и психологических проблемах, связанных с деятельностью Корпуса Времени. Уэллс рассказал, что во время своих путешествий в прошлые

десятилетия он пытался беседовать со многими талант-
ливыми кандидатами, однако далеко не все из них могли
поверить в то, что он прибыл из будущего! Кроме того, по
словам Уэллса, некоторые из них даже видели его с
трудом, или не могли расслышать его слов—как будто бы
их зрение и слух не полностью воспринимали путешественника.

Обсуждение длилось несколько часов. Было решено
организовать десяток экспедиций в прошлое, чтобы
определить, до какой степени им удастся убедить тогдаш-
них учёных способствовать целям Корпуса. Был принят
подробный план действий, и на этом заседание Корпуса
Времени закончилось.

Путешествие Додсона, которое он предпринял по
поручению Корпуса Времени в 1867 году, совершилось не
во времени, а в пространстве. Он отправился в Россию—
что было для него необычным событием: никогда более в
жизни он не покидал Британских островов!

Додсон разрешил Алисе прочесть интересный дневник,
который он вёл во время этого путешествия.[23] Он пробыл в
России ровно один месяц: с 26 июля по 28 августа. Вместе
с Додсоном в Россию отправился его друг из колледжа
Крайст Чёрч, преподобный Генри Лиддон. Поездка
Лиддона, однако, носила полуофициальный характер. Он
вёз частное письмо от Сэмюэла Уилберфорса, епископа
Оксфордского,[24] московскому митрополиту Филарету.

В этом "Русском дневнике" Алиса нашла немало забавных заметок. Например, в записи, датированной "26
ИЮЛЯ (Пят[ница])", описывался день, когда Додсон и
Лиддон въехали в пределы России на поезде, следовавшем
из Кёнигсберга в Пруссии по направлению к Санкт-

Петербургу. В этом поезде путешественники встретили *"англичанина, который пятнадцать лет прожил в Петербурге и возвращался из поездки в Париж и Лондон. Он любезно согласился ответить на наши вопросы… однако нарисовал перед нами весьма унылые перспективы; по его словам, мало кто говорит на каком-либо языке, кроме русского. В качестве примера чрезвычайно длинных слов, присущих этому языку, он записал для меня следующее:* (Алиса попыталась прочесть слово, записанное кириллицей, но смогла узнать только некоторые буквы)

ЗАЩИЩАЮЩИХСЯ

Если записать это слово английскими буквами, получится:

Zashtsheeshtshayoushtsheekhsya

—это устрашающее слово является родительным падежом множественного числа причастия, означающего принадлежность чего-либо 'людям, которые защищают себя'…"

Алиса рассмеялась и покачала головой. "Древнегреческий язык намного проще!", подумала она.

Дневник, конечно, был всего лишь маскировкой—в случае, если бы русская секретная полиция решила обыскать багаж путешественников, ей пришлось бы разбираться в подробных и довольно простодушных записях мистера Додсона о том, как он препирался с гостиничной прислугой и торговался с извозчиками на своём ломаном русском языке. *"Туземцы,"* по его словам, *"отвечали обескураживающей болтовнёй."*

Истинные цели поездки Додсона были гораздо более серьёзными. Его отчёт для Корпуса Времени составил три толстых тома, снабжённых многочисленными таблицами и графиками чрезвычайно специального содержания. Алиса почти ничего не понимала в разделах, посвящённых "Математическим основам физики времени и пространства". Она смогла чуть лучше разобраться в "Органической химии сверхдлинных молекул", которую она в это время как раз изучала.

За месяц своего пребывания в загадочной православной Империи Додсон провёл множество консультаций с натуралистами и математиками, тайно работавшими в Корпусе Времени. Алиса с трудом могла прочесть длинные имена русских учёных—таких, как Дмитрий Иванович Менделеев, открыватель Периодической Таблицы, или Николай Иванович Лобачевский, основатель дисциплины, которая в Корпусе Времени именовалась "Новейшая Геометрия".

К этому времени Додсон наконец отказался от своей верности Пятому Постулату Эвклида. Одной из его целей в России было отыскать спрятанный архив Лобачевского— гениального математика, который вырвался за пределы эвклидовой геометрии. Корпус Времени связался с Лобачевским в 1829 году, сразу же после того, как молодой математик опубликовал свою первую статью. Лобачевский умер в 1856 году, не признанный своими современниками, и оставил Корпусу Времени свои архивы, содержавшие важные неопубликованные заметки. Додсон получил эти записи от секретного агента Корпуса на ежегодной ярмарке в Нижнем Новгороде, которую они с Лиддоном посетили в августе.

Одной из неудач Корпуса в работе над "Новейшей Геометрией" было то, что они не смогли войти в контакт с другим гением—трансильванским математиком Яношем

Больяи. Больяи, который открыл неэвклидову геометрию независимо от Лобачевского, умер, безумный и непризнанный, в 1860 году.

"Из ничего я создал странную и новую Вселенную," писал Больяи, который прекрасно понимал, что он открыл. Путешествие во времени в Трансильванию 1820-х годов, предпринятое Уэллсом и Гальтоном, не принесло успеха. Это были времена полицейского государства канцлера Меттерниха, и наука в этой части Австрийской империи развивалась медленно (Венгерская Академия наук была основана только в 1825 году, с помощью графа Иштвана Сеченьи, которого Дальтон тайно завербовал в Корпус Времени во время поездки молодого аристократа в Англию). Агенты Корпуса так и не смогли найти огромный архив Яноша Больяи. Им удалось только узнать, что 14 000 страниц его рукописей были конфискованы местным губернатором, который заподозрил, что они содержат военные секреты—этот архив наверняка сгнил в каком-нибудь средневековом подвале!

Тем временем, в 1866 году скончался в Гёттингене другой современник Алисы, математик Бернхард Риман; ему было всего лишь тридцать девять лет. Корпус Времени поддерживал герра Римана и следил за его работой на протяжени всей его карьеры. Уже в возрасте двадцати шести лет Риман создал свою концепцию математики, описывая различные типы пространства, из которых наше собственное, эвклидово, было только частным случаем! "Эллиптическая геометрия" Римана в корне изменила наши представления о мире!

Работы этих блестящих математиков—Больяи, Лобачевского и Римана[25]—были особенно важны для Корпуса Времени. Их потрясающие идеи о Геометрии Пространства и Времени могли открыть пути к пониманию механизма путешествия во времени, и, возможно, даже объяснить устройство Машинетты. Кто знает, сколько подобных гениев погибло неизвестными и непризнанными в течение всего столетия?

Путешествуя по России летом 1867 года, Додсон тщательно имитировал рассеянного англичанина. Поездка была далеко не безопасной и совсем не комфортабельной. Всего одиннадцать лет назад завершилась Крымская война—первый и единственный в истории военный конфликт Англии и России. Победа англичан и их союзников, конечно же, не способствовала хорошему отношению русских к Соединённому Королевству. Секретные встречи Додсона с русскими учёными вполне могли быть истолкованы как шпионаж. По сути, так оно и было, подумала Алиса.

Ей было известно, что Додсон посетил многих русских изобретателей и натуралистов. Его заметки об этих встречах, многие из которых можно увидеть сегодня в постоянной музейной экспозиции в залах Хрустального Дворца, были сделаны тушью на шёлковых платках китайского производства. Партия таких платков была закуплена Додсоном на нижегородской ярмарке; шёлковые платки использовалась в Корпусе для записей во время путешествий во времени.

Имперская Россия в путевом дневнике Додсона представала страною весьма экзотической, восточного типа: с её православными священниками и монахами, она напоминала Византийскую империю. Столица России, Санкт-Петербург, поразила Додсона: "*мы бродили по этому чудесному городу (marvellous city). Он настолько не похож ни на что, мною когда-либо виденное, что мне казалось, будто я мог, и должен был, больше ничем не заниматься, но только ходить по нему в течение многих дней...*" Алиса, однако, знала, что Додсон занимался и другими делами, а не только бродил по невероятному городу, выстроенному французскими и итальянскими архитекторами, любуясь его церквями, или посещал летние дворцы Петергофа, катаясь на пароходе *"по Финскому заливу, где нет ни соли, ни приливов..."*

В дневнике не было записано, что в Императорском Санкт-Петербургском университете, изящные здания которого выходили на широкую Неву, Додсон посетил Дмитрия Ивановича Менделеева, занимавшего здесь профессорскую кафедру. Будущий великий химик, которому было только тридцать четыре года, занимался тогда всего лишь смесями спирта с водой, не зная ещё, что в 1898 году он будет завербован Уэллсом в Корпус Времени. Правила Корпуса требовали оповестить об этом Менделеева в молодости. Алиса знала, что Дмитрий Иванович охотно согласился сотрудничать, и что секретные встречи дали результат—уже в 1869 году будет опубликована Периодическая Таблица!

Другой русский, также прославившийся в будущем, но чрезвычайно отличавшийся от Менделеева, проживал в то же время всего в нескольких кварталах от университета. Алиса с трудом разобрала имя этого автора: Фёдор Михайлович Достоевский. Его литературные герои бродили по широким петербургским улицам в необычайно мрачном настроении. Многие считали, что именно Достоевский лучше всего отражает загадочную русскую душу. Додсон, однако, разминулся с писателем—тот уехал в Европу со своей молодой женою в апреле 1867 года, в то время как в прессе ещё обсуждался его последний роман *Преступление и наказание*. Роман был опубликован в 1866 году, но пока ещё не был переведён на европейские языки. Алисе пришлось расспросить Уэллса о Достоевском, и тот немало рассказал ей о восхитительной и в то же время тревожащей русской литературе 1870-х—1890-х годов.

Как выразился Уэллс, Фёдор Михайлович "изобрёл некий вид мистического империализма, основанного на идее Святой Руси и её предназначения—где *moujik* боготворил бы своего Царя и служил бы преданно своему господину".[26]

"Почему же тогда," размышляла Алиса, "этот его студент, по имени Раскольников, по-наполеоновски оправдывает убийство, которое якобы служит высшим целям? И почему они все обвиняют в чём-то мистера Дарвина? Нет, здесь *'всё неверно, с начала и до конца'*…"

При своём отбытии из России через Варшаву Додсон записал в дневнике:

> "28 АВГ. (Ср[еда]). *Весь день ходили по Варшаве… Город этот в целом—один из самых шумных и грязных из когда-либо мною виденных.*".

Он не записал ничего о недавнем восстании польских борцов за свободу, жестоко подавленном в 1863-м. В дневнике Додсона нет и записей о серьёзных реформах 1861 года, предпринятых императором Александром Вторым. А ведь совсем недавно, в апреле 1866-го, студент по имени Каракозов пытался убить этого царя-реформатора! Всё это было так непохоже на недавнюю историю Англии—и в то же время напоминало зловещие видения из зыбкого и отдалённого будущего, как если бы оно было описано в романе Достоевского…

"А может ли один человек, такой, как Каракозов или Раскольников, одним внезапным поступком изменить ход истории человечества?" подумала Алиса. "Что перевесит на весах истории? Огромная, постепенная работа по воплощению цивилизующих реформ—или один безумный юноша, оказавшийся со своим пистолетом в подходящем месте в подходящий момент?"

В октябре 1867 года Дарвин созвал очередное заседание Корпуса Времени. Со своим отчётом об экспедициях выступил Уэллс. "Нам удалось успешно войти в контакт со многими натуралистами и изобретателями 1820-х—1850-х годов," рассказал он. "Они оказались более понятливыми—а может быть, и более наивными. Большинство из них с радостью согласилось сотрудничать с коллегами из будущего. По контрасту с этим, многие из тех, к кому мы обратились в 1870-х–1880-х годах, отнеслись к нам скептически и не были слишком склонны делиться своими изобретениями и идеями с коллегами из прошлого. Некоторые считали, что любое вмешательство в историю, даже самое небольшое, может негативно изменить будущее, воздействуя на их собственную жизнь. Один из них был чрезвычайно обеспокоен тем, что с изменением истории он, возможно, никогда не встретится с собственной женой, и у них не родятся их любимые дети… Многие считают, что их изобретения принесут им славу и деньги, и не хотят ничего менять; кто знает—может быть, они и правы?

"Для некоторых из тех, кто согласился сотрудничать, существуют практические трудности. Многие не могут исчезать на долгое время для того, чтобы посетить 1860-е годы; им придётся работать из своего времени. Даже те, кто сможет убедить своих домашних в том, что они уезжают в далёкую деловую поездку, куда-нибудь в Канаду, рискуют тем, что их секретная миссия будет раскрыта. Очень немногие выразили желание эмигрировать в будущее, где им пришлось бы жить под вымышленным именем. Конечно, у многих есть семьи, которые они не могут оставить. Многие, между тем, хотели бы переместиться в прошлое, в основном во времена своей юности, таинственно исчезнув из времени, в котором они живут."

"Мы могли бы помочь им," сказал Дарвин, "однако я не одобряю такого бегства. Мы неизбежно принесём вред и самим этим людям, и их семьям!"

"Такие перемещения действительно могут привести к трагическим результатам," признал Гальтон. "Однако они могут быть даже необходимы: если в результате нам удастся предотвратить войны, это принесёт неисчислимую пользу тысячам или даже миллионам людей. Может быть, нам придётся принести в жертву немногих для улучшения жизни будущих поколений. Но никто не говорил, что изменение истории произойдёт просто и безболезненно…"

"Честно говоря, я безумно устал за этот год!" продолжал Уэллс. "Я—единственный, кто может управлять Машинеттой: по неведомым нам причинам, в моё отсутствие аппарат не повинуется более никому из нас. Моя роль часто сводится к перемещению пассажиров по времени, но я не могу брать с собой более одного человека. На мою долю также приходится большая часть контактов, поскольку моё имя остаётся неизвестным до 1890-х годов. Конечно, было бы неразумно посылать в прошлые или будущие десятилетия Чарльза Дарвина, поскольку он всем хорошо известен, и его появление в постаревшем или помолодевшем виде вызвало бы ненужные проблемы."

"Приглашение к сотрудничеству современных коллег— тех, с кем можно связаться сегодня, в 1867 году, также не всегда оказывалось простым, хотя мы можем более свободно путешествовать," добавил Гальтон. "Мы работаем в обстановке строгой секретности, хотя, как вы знаете, королева и некоторые из её министров осведомлены о нашей деятельности. Мы получаем тайную финансовую поддержку от правительства, и я надеюсь, что это финансирование продолжится в будущем. Мы определяем возможных кандидатов и вступаем с ними в контакт таким же образом, как это делают масоны, после тщательного отбора, основаного на анализе их жизни как в прошлом, так и в будущем. Мы отыскали немало кандидатов благодаря моему кузену Чарльзу, с его всемирным авторитетом и обширной сетью корреспондентов—более тысячи человек по всему свету! Я надеюсь, что многие из них согласятся работать с нами."

"Однако не всем можно доверять—в прошлом, настоящем или в будущем!" сказал Уэллс. "Не все приветствовали наши радикальные идеи и планы. Многие говорили, что не верят в возможность путешествий во времени. Нас принимали за сумасшедших или изобретателей-фанатиков, выгоняли или сообщали о нас властям, подозревая шпионаж. Кое-где не удалось избежать и столкновений, особенно в некоторых европейских странах. Этому способствовала и разница в языке, особенно в Германии и Франции. Оказалось, что англичанин, серьёзно заявляющий, что он прибыл из будущего, порою сталкивается с весьма подозрительным к себе отношением! Наверняка наша деятельность породила уже немало слухов.

"Как вам хорошо известно, возникла и другая, неожиданная и достаточно серьёзная проблема: это—передача информации. Оказалось, что мы не можем брать с собой ни книг, ни научных статей, ни даже рукописных заметок—ничего, что напечатано или написано на бумаге! Ещё при моих первых попытках путешествий с Машинеттой я обнаружил, к своему смущению, что вся моя одежда, изготовленная из хлопчатобумажной ткани, растворилась и исчезла в течение нескольких минут! Очевидно, в потоке Времени содержится некое излучение, действующее как сильная кислота на растительное волокно—*целлюлозу*. Теперь мы одеваемся только в ткани животного происхождения—шерсть, шёлк или кожу. Твидовые костюмы вполне годятся для этой цели. Однако никакая бумага не выносит путешествия во времени! Она съёживается, как бы сгорая, быстро превращается в мельчайший, холодный пепел и уносится по Реке Времён."

"Возможно, нам надо вернуться к проверенным временем глиняным табличкам Ниневии!"[27] с улыбкой заметил Додсон.

Уэллс рассмеялся. "Мы решили, что будем писать на пергаменте![28] Однако он чрезвычайно дорого стоит, и его приходится тайным образом заказывать у знакомых мастеров. Да и писать на нём не так просто. Недавно с помощью американского изобретателя, мистера Пратта из Алабамы, нам удалось построить механическую 'Пишущую Машину'[29]—её мы теперь используем для печатания вполне читаемого шрифта как на пергаменте, так и на шёлке. Для этой цели весьма подходят китайские шёлковые платки, которыми пользовался мистер Додсон в России!

"Мы установили, что можем также перевозить во времени стеклянные фотопластинки. Транспортировка фотографических аппаратов, однако, затруднена. Я привез несколько портативных аппаратов из 1890-х годов; некоторые из них настолько миниатюрны, что их можно держать в руках, не пользуясь треногой. Однако в моё время большинство фотографов переходит на гибкую целлулоидную плёнку, покрытую фотоэмульсией—она для нас не годится, поскольку сделана из целлюлозы, которая, как и бумага, крошится и распадается под воздействием Времени! К счастью, один из лучших фотографов 1860-х годов—наш коллега, мистер Чарльз Додсон. Ему удалось в значительной степени усовершенствовать обычные стеклянные пластинки, которыми мы сейчас и пользуемся…"

Доклад Уэллса с изложением всевозможных подробностей продолжался ещё не менее трёх часов.

Глава IX

Код Жизни

Через две недели руководители Корпуса Времени встретились снова. Их было четверо: Дарвин, Гальтон, Дальтон и Додсон. Алиса тоже была приглашена, и должна была скоро прибыть. Уэллс был занят в другом месте—и в другом времени.

"Пока с нами нет Алисы," сказал Додсон, "я хотел бы поделиться с вами некоторыми соображениями. Я постоянно думаю о том воздействии, которое произвело на Алису послание 1862 года. Это событие во многом изменило её... Именно в то лето её детское увлечение морским и желудями быстро сменилось зрелым, профессиональным интересом. Неужели это—случайность?"

Дарвин пожал плечами. "Страсть к естественной истории—совершенно нормальное явление для десятилетнего ребёнка!" сказал он. "А группа животных, которой интересуется зоолог, часто зависит от случайных ранних впечатлений. Алиса рассказывала мне о своих детских экскурсиях на уэльском побережье, где она наблюдала обычные экземпляры рода *Balanus*. Я и сам заинтересовался жуками в очень раннем возрасте: о, каким я был страстным коллекционером!" Он улыбнулся. "Однажды я увидел двух редких жуков и схватил каждой рукой по одному из них, но тут я увидел третьего, какого-то нового рода, которого я никак не в состоянии был упустить, и я сунул того жука, которого держал в правой руке, в рот. Увы! Он выпустил какую-то чрезвычайно едкую жидкость, которая так обожгла мне язык, что я вынужден был выплюнуть жука, и я потерял его, так же как и третьего...[30] Такая страсть, я думаю, является врождённой—хотя ни мой единственный брат, и ни одна из моих сестёр ею не обладали. Обычно будущий зоолог с детства интересуется определённой группой животных—жуками, бабочками, скорпионами..."

"Но ведь Алиса заинтересовалась не жуками и не скорпионами!" настаивал Додсон. "Из всех необычных существ она сосредоточилась именно на морских желудях. Именно это привело её к вам—крупнейшему специалисту в мире!"

"Я действительно хорошо разбирался в этой группе ракообразных," согласился Дарвин, "хотя в последние годы я отошёл от этих исследований. Я посвятил восемь лет изучению отряда Cirripedia—морских желудей,—с 1845-го по 1854-й, и мне удалось опубликовать четыре монографических тома по их систематике."

"Но именно тогда, в 1852 году, и родилась Алиса!" воскликнул Додсон.

"Верно! А в пятилетнем возрасте, в 1857-м, она впервые увидела морских желудей на острове Англси," заметил Гальтон. "Англси, как известно, был священным островом друидов! Может ли всё это быть связано? Нет ли здесь какого-то влияния, которое привело к вашей встрече? А вскоре к вам присоединился и Уэллс, который именно здесь нашёл удобный причал для Машинетты," сказал Джон Дальтон. "Случайно ли это?"

"Похоже, что какой-то наблюдатель из будущего закидывал удочки или сети в Реку Времён, чтобы поймать медиума, восприимчивого к сигналам!" сказал Додсон. "Может быть, морские жёлуди были приманкой для блестящего детского ума? Они привели Алису в этот дом, а здесь она повстречала Уэллса!"

"Вполне вероятно, что послание 1862 года действительно усилило интерес Алисы к морской биологии," согласился Дарвин. "Тема морской фауны занимает важное место в Стране чудес. Кроличья норка ведет в сухопутную подземную страну (если не считать Озера слёз), но в то же время там неизвестно откуда появляются очень странные морские существа!"

"Да, эта странная пара—Грифон и Псевдо-Черепаха—возникает в тексте внезапно," согласился Додсон. "И оба они сообщают Алисе, что обучались в подводной школе! Мы с вами неоднократно обсуждали этот эпизод, и решили, что он отражает будущий кризис системы образования..."

"Теперь я вижу и другое его значение!" воскликнул Дарвин. "'Подводная школа' может указывать на то, что в будущем поднимется уровень мирового океана! Возможно, климат Земли будет нарушен ввиду столкновения с кометой или по иной астрономической причине. Такие всемирные катастрофы уже случались в истории— свидетельство тому мы видим в осадочных породах. Растают льды Арктики и Антарктики; настанет новый потоп—но уже не будет ни ковчега, в котором можно спастись, ни Арарата, куда может пристать ковчег... Океаны зальют континенты, прибрежные города погрузятся в воду. Человечеству придётся уйти на морское дно и построить подводную цивилизацию—Новую Атлантиду!"

"Текст Послания, как обычно, не допускает такого прямого истолкования," заметил Додсон. "Бэббидж и его помощники из Корпуса Времени не раз пытались расшифровать его с помощью Аналитической машины, однако им трудно пробиться через бессмыслицу и абсурд, которыми переполнен этот текст."

"Возвращаясь к воздействию послания на Алису," сказал Гальтон, "остаётся неясным, каков механизм подобного влияния? Каким образом таинственное излучение, пришедшее из будущего, могло изменить желания и намерения, предопределить профессиональные интересы, и сделать так, чтобы три очень разных человека встретились именно здесь, в Дауне?"

"Лучшие умы Корпуса Времени бьются сейчас над загадками сложной химии человеческого мозга и органов чувств," сказал Дарвин. "Нам пока неизвестно, как разум формирует образы, и как на них воздействуют чужеродные излучения."

"Я плохо знаю химию," обратился Додсон к Дальтону, "хотя я и знаком с её практической стороной, используемой в фотографии. Однако встреча с Дмитрием Ивановичем в России заставила меня думать по-новому; я вижу, что наши знания о строении веществ необычайно возросли! Меня привлекает мысль о том, что существует пифагорейский, числовой Язык Жизни, заключённый внутри самих наших клеток, наших тел. Такой молекулярный и в то же время математический язык в принципе мог бы отвечать за все свойства живой природы!"

"Вы имеете в виду пангенез—мою 'временную гипотезу' о механизме наследственности?"[31] спросил Дарвин. "Пока что биологи не пришли к единому мнению о химической структуре *геммул*—универсальных частиц наследственности, существование которых я предположил. Фрэнсис провёл некоторые опыты по так называемой 'кровяной наследственности', но его результаты не были обнадёживающими: он не обнаружил геммул в крови кроликов..."

"Я бы не удивился," сказал Додсон, "если бы оказалось, что все инструкции для живых организмов записаны каким-то кодом наподобие азбуки Морзе! Язык—самое могучее орудие человека, так почему бы Природе тоже не иметь своего языка?"

"В метафорическом смысле, возможно, оно и так," пожал плечами Дарвин, "но где и с помощью чего такой язык может быть записан?"

"В молекулах, конечно же!" воскликнул Дальтон. "С помощью химических веществ и реакций, нам пока неизвестных, которые содержали бы зашифрованные послания для будущих поколений. Это должны быть наследственные молекулы, подобные книгам; а их содержание может быть прочитано и расшифровано другими молекулами, как инструментами!"

"Жизнь и Разум—самые сложные объекты в мире," задумчиво произнёс Гальтон. "Их свойства передаются от родителей к детям. Кажется логичным, что сведения об этих свойствах должны быть отпечатаны на молекулах живого организма, подобно тому как послание из будущего отпечаталось на органах чувств Алисы..."

"Идея интересная," улыбнулся Дарвин, "но ведь наши тела сложены в основном из трёх элементов—углерода, азота и кислорода. С помощью этих атомов трудно что-либо написать."

"Но это наверняка можно сделать с помощью их комбинаций!" настаивал Додсон. "Я потратил многие годы на изобретение разнообразных секретных кодов и словесных игр. Поверьте, возможности поистине бесконечны! Я изобрёл, например, игру в 'Дублеты', которая годится и для детей, и для взрослых. Она состоит в простых пермутациях букв; например, 'аня'—'ася'—'аля'...

Можно даже сделать из 'мухи' 'слона', хотя это чрезвычайно трудно… Подумайте, в английском алфавите всего 26 букв, и этого достаточно, чтобы записать все слова Священного Писания, и все сочинения Шекспира!"

"И всю эту современную газетную ерунду, которая стремительно умножается год от года!" усмехнулся Дальтон.

"Возвращаясь к молекулам," сказал Дарвин, "некий Фридрих Мишер, врач из Базеля, только что обнаружил в клеточном ядре на редкость крупную молекулу, которую он назвал 'нуклеин'.[32] Это какая-то слабая органическая кислота с необычно высоким содержанием фосфора. Мои коллеги по Корпусу Времени из разных десятилетий XIX века советуют включить молекулу Мишера в наши биологические опыты, наряду с многими интересными субстанциями белковой и небелковой природы…"

Этот учёный разговор был прерван с появлением Алисы, которая держала в руках стопку писем. С недавнего времени Алиса занялась тем, что помогала Дарвину разбирать его почту. Большая часть корреспонденции относилась к делам Корпуса Времени, однако знаменитый натуралист получал также огромное количество научных публикаций из всех цивилизованных стран. Их скопилось немало за последние месяцы. Здесь чрезвычайно пригодилось хорошее знание Алисой немецкого языка: множество научных статей и книг, приходящих из континентальных стран Европы, были написаны по-немецки; Дарвин же, по его собственному признанию, недостаточно знал этот язык.

"Мистер Дарвин!" обратилась Алиса к хозяину дома. "Взгляните, пожалуйста, на этот оттиск, который прибыл по почте прошлой зимой. Его страницы не были ещё даже разрезаны. Я позволила себе их разрезать, поскольку статья касается гибридизации растений, а мистер Гальтон просил меня особо следить за сообщениями о наследуемости простых, альтернативных признаков. Эта работа к тому же основана на чрезвычайно большом числе опытов…"

Дарвин, взяв брошюру, принесённую Алисой. "Статья написана по-немецки," сказал он, "и озаглавлена всего лишь 'Versuche über Pflanzenhybriden', то есть 'Опыты над растительными гибридами'."

"Я сделала для вас краткое резюме!" сказала Алиса. "Это оттиск из трудов местного общества натуралистов, *Verhandlungen des naturforschenden Vereines in Brünn*, том 4 за 1866 год. Но где же находится Брюнн?"

"Брюнн—столица Моравии," ответил Дарвин.

"А где находится Моравия?" спросила Алиса.

"Рядом с Богемией, конечно же!" объяснил Додсон, который хорошо разбирался в географических картах. "Обе они входят в состав Австрийской империи."

"Это какая-то отдалённая область наподобие Трансильвании?" спросила Алиса, вспомнив о неудачной попытке Корпуса Времени установить контакт с Яношем Больяи, проживавшем в этом провинциальном владении Габсбургов.

"Нет, Моравия—гораздо более цивилизованное место!" сказал Дарвин. "Я помню, что в Брюнне работал очень интересный джентльмен, он умер лет двадцать назад. Это был аристократ, который не только разводил овец, но и подробно изучал их наследственность. Он закупал в Англии весьма дорогих баранов-мериносов. Звали его граф Фестетикс; впрочем, я не уверен, что правильно произношу это имя."[33]

"Мне кажется, что нам надо связаться с автором этой статьи о гибридизации растений!" сказал Гальтон, просматривая принесённый Алисой немецкий текст. "Его результаты очень интересны; статистические данные необычайно подробны! Он также использует любопытную систему сокращений наподобие алгебраических... А кроме всего прочего, он наш современник: мы можем просто написать ему письмо!"

Алиса улыбнулась: "Конечно! Письмо на доброй старой почтовой бумаге, а не на этих нелепых пергаментных листах, которые используются для путешествий во времени! Я посмотрю, сколько нужно наклеить марок для того, чтобы отправить письмо в Брюнн."

"А как зовут этого автора?" спросил Дарвин.

"Грегор Мендель," ответила Алиса.[34]

Таким образом и был приглашён из Брюнна в Лондон новый сотрудник Корпуса Времени. Его определили в самое лучшее ботаническое учреждение мира: Королевские Ботанические Сады Кью, где директором был старый друг Дарвина, Джозеф Гукер. Сегодня, когда секретные архивы Корпуса Времени понемногу начинают публиковаться, история Менделя известна каждому. Скромный монах-августинец, может быть, и не стал в своей области Лобачевским, но он несоменно был её Эвклидом! Разводя горох на грядках во дворе перед зданием своего аббатства в Брюнне, не имея даже оранжереи, он в одиночку открыл Законы Наследственности! Скрещивая свои растения, брат Грегор, будучи прирождённым статистиком, обнаружил простое правило: признаки родителей не сливаются в детях, но образуют временные комбинации. Из понимания этих комбинаций—точнее сказать, комбинаций дарвиновских *геммул*, драгоценных частичек, несущих разновидности нуклеина—возникла вся наша Наука о Наследственности... Поисками именно таких неизвестных талантов, как Грегор Мендель, и занимался Корпус Времени по всему XIX веку! Мендель закончил всего два курса в Венском университете; у него не было ни учёной степени, ни спонсоров; авторитетные ботаники были безразличны к его работе; ясно, что он был бы позабыт, как наверняка были позабыты десятки и сотни других.

Странным совпадением (или же проявлением таинственного влияния из будущего?) оказалось то, что Мендель посещал Лондон в 1862 году—в Год Первого Послания Алисы, как его обычно называют в наше время. Нам неизвестно, почему августинец уже тогда не увиделся с Дарвином. Возможно, Мендель тогда ещё не прочёл *Происхождения видов*: книга была переведена на немецкий уже в 1860-м, но в библиотеке Менделя имеется только второе издание 1863 года, с многочисленными пометками на полях. Скорее всего, Мендель просто не решился побеспокоить знаменитого натуралиста. Вместо этого, он посетил Всемирную выставку в Лондоне—где он, помимо всего прочего, мог увидеть неоконченные блоки Аналитической машины Бэббиджа.

Ясно одно: если бы открытие Менделя не стало известно Дарвину и Корпусу Времени в 1867 году—иначе говоря, если бы Алиса не обнаружила тот оттиск из *Verhandlungen des naturforschenden Vereines in Brünn*, и он так и остался бы в библиотеке Дарвина с неразрезанными страницами[35]—то удивительные достижения естественных наук конца XIX—начала XX века наверняка запоздали бы на многие десятилетия!

Код Жизни, скорее всего, не был бы расшифрован к середине 1870-х годов, после того как наконец было разгадано строение нуклеина, открытого Фридрихом Мишером. Не были бы прочитаны миллиарды единиц этого необыкновенного кода, содержащиеся в каждой клеточке человеческого организма! Инженерия Наследственности не стала бы реальностью к 1890-м годам.

Дальтонизм, а также—что гораздо важнее—опаснейшая гемофилия оставались бы неизлечимыми! Не были бы найдены, уже к 1902 году, пути исправления нуклеиновых кодов; тогдашние натуралисты научились успешно заменять их на уровне дарвиновских геммул. Подумать только, что наследник трона Романовых мог умереть в детстве от наследственного несвёртывания крови! Он не стал бы будущим царём, Алексеем Вторым Справедливым, и не правил бы своей процветающей Евразийской империей с 1937 по 1991 год в качестве конституционного монарха... (К сожалению, Леопольд, герцог Олбани, дядя его матери, не дожил до появления этих методов исправления наследственных болезней. Мать Леопольда, королева Виктория, скончалась в 1901 году).

Невероятные медицинские успехи Геммульной Терапии были вписаны золотыми буквами в последующую историю цивилизации, способствуя дальнейшему улучшению человеческого рода. Натуралисты открыли и создали множество различных молекул, с помощью которых можно было повышать уровень интеллекта, гражданственности и морали, и в то же время укрощать низкие, дикие инстинкты, принесшие человечеству столько страданий на протяжении всей его прошлой истории...

Таким образом изменилось течение истории. Викторианская Цивилизация достигла конца столетия и с торжеством перешла в Прославленный Двадцатый Век. Подумать только, что все эти удивительные события произошли всего лишь за несколько лет!

Алиса между тем уже стала студенткой. Она решила изучать естественные науки и поступила в Леди Мюриел Холл—один из колледжей нового университета, называвшегося "Академия Гипатиана". Это учебное заведение для женщин было основано по предложению королевы, и нехотя одобрено Парламентом в 1869 г.

Ректор Лидделл, хотя он и не полностью приветствовал стремление своей дочери освоить профессию Инженера Наследственности, в то же время понимал, что страсть Алисы к биологии зародилась много лет назад, когда она начала возиться с морскими желудями на уэльском взморье. "Времена меняются," признал он, "и высшее образование теперь доступно и для прекрасного пола— хотя, возможно, эти новые учреждения должны уделять больше внимания домоводству и древним языкам."

Всё это, конечно, было ещё в далёком будущем в 1867 году, когда Алиса впервые прочитала статью Менделя "Versuche über Pflanzenhybriden". К тому времени её уже чрезвычайно заинтересовали идеи старого Дальтона о том, что он называл Кодом Жизни: как именно устроены самые длинные и разнообразные молекулы, белковые или нуклеиновые, и как возможно изменить их с помощью химических веществ или эманаций.

Всё более глубокие и многочисленные изменения уже происходили в те годы в закрытом мире научных лабораторий Оксфорда—всего в нескольких шагах от колледжа, ректором которого был отец Алисы.

Однако очень немногие из этих новых открытий и изобретений, включая те, которые смогли доставить Уэллс и другие коллеги из будущего, стали широко известны. Корпус Времени был, в частности, озабочен тем, чтобы сведения, полученные из будущих десятилетий, не привели к разработке новых видов оружия, в Англии или в других странах. Прогресс в области разоружения был, к сожалению, чрезвычайно медленным.

К концу 1867 года просторный дом Дарвина, где знаменитому натуралисту предстояло провести последние годы своей жизни в неустанной работе для Корпуса Времени, уже превратился в штаб-квартиру Корпуса. В его оранжереях, с помощью команды искусных садовников, велись всевозможные опыты по гибридизации и наследственности растений. Соседние лабораторные помещения были снабжены лучшими микроскопами работы немецких и голландских мастеров.

Тем не менее настроение Джона Дальтона было довольно мрачным. Оно не улучшалось по мере того, как Уэллс доставлял сведения о новых событиях конца 1890-х годов.

"Слишком много изобретают новых типов оружия!" сокрушался Дальтон, просматривая доставленные Уэллсом пергаменты со сводками о достижениях химической науки за будущие десятилетия. "Бездымный порох, разнообразное горючее для механических аппаратов, и в особенности газы—всевозможные виды газов, и некоторые из них чрезвычайно ядовитые... Сам Менделеев работает над новым сортом пороха по заказу русского морского министерства!"

"Я беседовал с ним по вашей просьбе," ответил Уэллс. "Дмитрий уверяет меня, что он—теоретик, интересующийся в основном проблемами низких давлений; он работает также над природой мирового эфира. Он действительно разрабатывает новые составы пороха для военных, однако," усмехнулся Уэллс, "его научные интересы находятся, как он выражается, на противоположном конце ружейного ствола."

Дальтон покачал головой: "Возможно, что это действительно так, однако слишком многие работают над боевыми качествами этих стволов. Впрочем, по вашим словам, правление королевы Виктории всё ещё длится в 1899 году. Это обнадёживает—нам нужна стабильность. Было бы крайне нежелательно испытать ещё одно тектоническое потрясение, подобное Французской революции!"

"Конечно же," сказал Фрэнсис Гальтон, "если мы хотим изменить историю человечества таким же путём, как меняются природные организмы, этого можно будет достигнуть только *постепенными изменениями*," он подмигнул Дарвину.

Великий натуралист кивнул: "Именно так я представляю себе общий механизм эволюции," серьёзно ответил он.

"*Natura non facit saltus*. Естественный отбор действует вообще очень медленно, только через длинные промежутки времени и только на небольшое число обитателей данной страны."[36]

Фрэнсис Гальтон улыбнулся, узнав цитату. Знаменитую книгу своего кузена, вышедшую в 1859 году, он знал почти наизусть.

"Интересно," подумал он, "какую книгу будут больше читать и ценить будущие поколения: *Происхождение видов* или *Приключения Алисы*? Какую из них наши потомки выберут как руководство к действию? Глубокий и подробный трактат о потрясающем научном открытии, который так высоко ценится в наши дни—или же бездумные языковые игры, дающие забаву в редкие часы, свободные от бессмысленной конторской службы? Это, я думаю, во многом зависит от нас—от того, чего мы добьёмся своей деятельностью—и сегодня, и на протяжении всего XIX века!"

Глава X

Свидетельство мистера Уэллса

14 декабря 1867 года—почти два года спустя с того дня, когда Алиса познакомилась с отважным путешественником по времени—Уэллс созвал основателей Корпуса Времени на срочное заседание. Прибыв в дом Дарвина к назначенному времени, Алиса, Додсон, Уэллс, Дальтон и Гальтон расположились в кабинете хозяина. Уэллс извлёк из своего кожаного портфеля тяжёлую стопку стеклянных фотопластинок и пачку листов пергамента. С видимым беспокойством он некоторое время прохаживался по кабинету, и наконец сказал: "Я привёз свидетельства того, что в конце века произошли некоторые изменения. Является ли это результатом нашей работы или нет, мне неясно. Изменения эти—внезапные, странные и волнующие. Они наблюдаются в трёх разных областях. Самым неожиданным для меня было то, что моя собственная жизнь радикально изменилась!"

130

"Каким образом?" воскликнул Дарвин, который всегда был сторонником постепенных, эволюционных изменений. "Вам что-либо угрожает?"

Уэллс усмехнулся. "Моё физическое здоровье в порядке. Что же касается душевного моего состояния—я не могу сказать наверняка: ситуация сложилась очень необычная! Я всегда отмечал в своём дневнике все мои путешествия с Машинеттой. За этот год я совершил более шестидесяти продолжительных поездок, большей частью в пределах тридцати двух лет, разделяющих ваше и моё времена; кроме того я путешествовал в более далёкое прошлое с Дальтоном и другими коллегами.

"Всего я провёл не менее трёхсот часов на волнах Реки Времён. Часто я целыми днями находился вдали от дома. Как вы знаете, Машинетта не позволяет возращаться в тот же момент, из которого ты отправился: если я путешествовал в течение двух суток, то я и вернусь двумя днями позже. Такое долгое отсутствие требовало бы объяснений, однако я живу один, и моё расписание вполне свободно: я не должен ходить на службу, а работаю дома— пишу статьи для газет и журналов. Как правило, я мог исчезать без особых проблем.

"Неделю назад я вернулся из своего последнего путешествия в мой дом на берегах великой Реки Времён. К своему величайшему смятению, я постепенно обнаружил, что я уже не тот человек! Точнее сказать, физически я оставался самим собою, Гербертом Джорджем Уэллсом, но моя жизнь и карьера совершенно переменились. У меня теперь есть жена по имени Кэтрин!"

"Но каковы ваши ощущения?" в изумлении воскликнул Додсон. "Ваш разум, должно быть, расщепился на две личности, предыдущую и нынешнюю?"

"Не совсем так," отвечал Уэллс. "Обе личности соедини-лись, и у меня сохраняются две различных памяти, но они начинают понемногу сливаться в одну. Я чётко помню всё, что происходило в моих путешествиях во времени в прошлое. Но похоже, что я понемногу теряю воспоминания о своей предыдущей жизни. Как будто бы я проснулся и всё ещё очень живо помню свой сон, но он уже начинает медленно испаряться из памяти. А все окружающие ведут себя так, как будто ничего не произошло!

"Я, кажется, никогда не рассказывал вам о своём происхождении. Моя семья, которая жила—точнее сказать, живёт—неподалёку отсюда в Бромли, очень небогата. Я, их четвёртый сын, родился в прошлом году. Я зарабатывал на жизнь как журналист после того, как окончил университет. Учёной карьеры я никогда не преследовал, хотя мне повезло: я целый год учился биологии у старика Гексли—вашего друга, Дарвин."

"Я рад узнать, что Гексли в преклонном возрасте достаточно бодр и занимается преподаванием," улыбнулся Дарвин.

"Томас Гексли—замечательный человек и прекрасный учитель! Моя ранняя жизнь, насколько я мог установить, не изменилась. Однако после 1890 года, когда я получил свою степень бакалавра, идут уже очень глубокие изменения по сравнению с тем, что сохранила моя память. Мне кажется, что они начались, когда в 1888 году я написал небольшой рассказ; мне было тогда всего лишь двадцать два года. Я совершенно не помню, чтобы в предыдущем варианте своей жизни я писал что-либо подобное!"

"О чём же был этот рассказ?" спросила Алиса.

После некоторой паузы, Уэллс ответил: "О путешественнике во времени."

Все слушатели были ошеломлены.

"Рассказ назывался *Аргонавты времени*,"[37] продолжил Уэллс, "и содержал довольно краткую историю изобретателя со странным именем. Некий доктор Небогипфель сооружает корабль, путешествующий во времени. Его атакует толпа в обычно спокойном уэльском городке Ллиддвудд."

"Я не думаю, чтобы в беллетристике мне когда-либо попадалась тема путешествия во времени," заметил Додсон. "Скорее всего, вы были первым!"[38]

"Эта тема действительно встречается очень редко," ответил Уэллс, "надо думать, ввиду своей чрезвычайной экзотичности. Действие утопических произведений иногда происходит в будущем. Однако похоже, что идея аппарата, позволяющего путешествовать во времени, пришла в голову впервые именно мне. Вернее сказать, тому варианту молодого Герберта Уэллса, который написал этот рассказ в 1888 году в новом, изменённом варианте времени. Но и это ещё не самое удивительное!

"Я стал знаменитым! В том 1899 году, из которого я прибыл сегодня, я являюсь признанным писателем совершенно нового жанра. Оказывается, что в течение последних четырёх лет я сочинил несколько повестей, которые получили невероятную известность! Я даже получаю значительный доход от продажи моих книг."

"О чём же эти книги?" спросила Алиса, которая слушала Уэллса с чрезвычайным вниманием.

"Их тема—естественные науки," ответил Уэллс.

Дарвин недоумённо вскинул брови. "Но как же возможно писать повести на такую тему? Наука—довольно сухое занятие для одиночек; мы, учёные, увлечены своей работой, но повесть о науке вряд ли будет увлекательна для читателей."

"Однако," заметил Гальтон, "наш с тобою дед, Эразм Дарвин, написал длинную поэму о размножении растений, весьма популярную в его время."

"Роман миссис Шелли *Франкенштейн* повествует о безумном учёном," добавила Алиса. Сколько раз за последние месяцы её мысли возвращались к этой книге! Старинный том стоял у неё дома на книжной полке рядом с потрёпанной книгой Додсона; страницы этого экземпляра *Приключений Алисы* были испещрены схемами и значками, подобными алгебраическим. Как и другие сотрудники Корпуса Времени, Алиса снова и снова пыталась расшифровать скрытые части закодированного послания, пробуя всевозможные комбинации каббалистического характера.

Уэллс мрачно кивнул. "Мои книги ещё называют 'научными романами'.[38] Вам было бы любопытно их прочитать, но они пока что существуют только на бумаге. Полностью переписать их на пергамент или переснять страницу за страницей на стеклянные фотопластинки заняло бы у меня несколько недель.

"Признаться, это очень интересные фантазии! Они написаны живым и страстным языком, в очень выразительной манере, и при чтении создают своего рода гипнотический эффект—сродни Посланию Алисы! В некоторых из них выведены безумные учёные в духе миссис Шелли: хирург, который путем вивисекции превращает зверей в людей; студент-анархист, сделавший себя невидимым... В последнем романе изображены жуткие существа, прилетевшие с Марса с целью завоевания нашей планеты!

"Но подождите: самое загадочное ещё впереди. Я говорю о первом романе такого рода. Эта книга, которую я написал, в новом изменившемся времени, в 1895 году, принесла мне мгновенную славу. Она называлась—" Уэллс вздохнул, выдержал театральную паузу и объявил: "—*МАШИНА ВРЕМЕНИ!*"

Эти слова прозвучали для Алисы как внезапный гром в середине ясного дня, как если бы она оказалась в кошмарном сне, среди осенних листьев, которые несёт холодный ветер. Ей было трудно сосредоточиться на всех вопросах и ответах, которые немедленно последовали за неожиданным заявлением Уэллса. Ему пришлось в подробностях пересказать сюжет этой книги. Путешественник по Времени, описанный в романе (у него даже не было имени) попал в очень далёкое будущее, которое оказалось чрезвычайно непривлекательным.

"Это чрезвычайно любопытное произведение!" закончил Уэллс. "Честно говоря, я никогда не мог бы представить, что способен написать что-либо подобное!"

Некоторое время все находились в молчании. Неожиданно Додсон произнёс: "Возможно ли, что и здесь имеется какое-то влияние извне? Что, если сюжеты и персонажи этих 'научных романов' каким-то образом приходят к вам в изменившихся 1890-х из того же источника, что и послания Алисы в 1862 и 1863 годах?"

Уэллс кивнул. "Вполне вероятно! Мне это не приходило в голову. Я думаю, что с того самого времени, как я стал пользоваться Машинеттой (которая, кстати, сильно отличается от выдуманной мною Машины Времени), уже начались какие-то изменения. Вероятно, мы нарушили какую-то часть потока Времени. Образовался затор, своего рода плотина, которая направила течение Реки Времён в иное русло…"

"Однако вы упомянули о других изменениях, которые вы обнаружили в 1899 году!" сказал Фрэнсис Гальтон. "Будьте добры, расскажите о них, и побыстрее; постарайтесь припомнить и понять, что ещё изменилось, пока вы ещё можете это различить. Если две ваши памяти вскоре сольются в одну, у нас не будет возможности отличить предыдущий вариант вашей жизни от нового!"

Уэллс кивнул. "Я привёз хорошие, хотя и необычные, новости из области международных дел. В мае этого года в Голландии, впервые в истории, открылась Гаагская мирная конференция."

"Похоже, что усилия Корпуса Времени по разоружению увенчались успехом!" воскликнул Дарвин.

"Я в этом не уверен," ответил Уэллс. "Предложение об этой конференции выдвинул в 1898 году новый русский царь, Николай Второй."[40]

"Напомните мне, что это за монарх," попросил Дальтон. "Я не так хорошо знаком с будущей династией Романовых."

Уэллс улыбнулся: "В этом и заключается изменение! *В моё время не было такого царя*! Россией правил Александр Третий, который унаследовал трон Романовых в 1881 году, после того как его отец был убит террористами. В 1899-м Александру ещё не было шестидесяти лет, это был здоровый человек огромного роста! Я совершенно точно это помню."

"А он был нашим союзником?" спросила Алиса.

"Вовсе нет!" сказал Уэллс. "Александр Третий был изрядным ксенофобом, и не искал близких отношений ни с Британией, ни с континентальной Европой. Известна знаменитая фраза Его Величества 'У России есть только два союзника: её армия и флот.' Реформы его отца, по сути, были остановлены."

"Это звучит весьма реакционно," заметил Додсон, "в сравнении с Россией времён Александра Второго, где я только недавно побывал. Сегодня, в 1867 году, эта страна находится на пути к прогрессу и проводит реформы, направленные на дальнейшее приобщение к цивилизации! Неужели, как вы только что сказали, именно реформатор Александр Второй, освободивший крепостных рабов, будет убит преступниками? Неужели в будущем снова и снова повторится череда цареубийств и революций?"

"В моём новом, изменившемся времени," продолжал Уэллс, "царь Александр Третий внезапно скончался пять лет назад, в 1894 г. Его сын Николай, занявший трон в возрасте двадцати шести лет, не был к этому готов. Тем не менее его предложения по разоружению исключительно интересны; а кроме того, он женат на внучке нашей королевы."

"Любопытно!" сказал Гальтон. "Надо попробовать привлечь в Корпус Времени молодых особ королевской крови! Николай Второй, пожалуй, принадлежит к новому поколению более мудрых и умеренных правителей. Может быть, наша работа уже приносит результаты?"

"Я привёз с собой некоторые заметки и фотографии," сказал Уэллс, бережно разворачивая упакованные в шёлковую ткань стеклянные пластинки, которые можно было просматривать с помощью особого аппарата с фонарём. Несколько изображений появились на освещённой стене.

"Вот этот новый русский царь, Николай Второй. Ему только тридцать один год, он на два года моложе меня."

"В его чертах действительно заметна некоторая мягкость," согласился Дарвин. "Будем надеяться, что он не повторит ошибок своего прадеда, первого царя Николая, чьё царствование закончилось поражением в Крыму и таинственной смертью самого монарха."

"Этот Крым—особое место," заметил Гальтон, "возможно, одно из тех 'тонких мест' на Земле, где ткань пространства-времени особо уязвима и подвержена изменениям. Мне думается теперь, Уэллс, что ваша встреча с графом Толстым в Крыму и взаимное ваше спасение не было случайностью! Это ещё и чрезвычайно красивое место—дикий вариант Ривьеры! Там жили и древние греки, и генуэзцы, а потом и татары. Кто бы мог подумать, что армия Её Величества будет сражаться там с царём, защищая султана?"

Экзотические названия "Балаклава" и "Севастополь" известны сегодня каждому школьнику, подумала Алиса. Ей вспомнился голос мистера Теннисона, читающего свои патриотические стихи о Крымской войне...

"Подождите-ка, Уэллс! Вы сказали, что этот новый монарх на два года моложе вас, то есть он родится в 1868 году?" воскликнул Дальтон в необычайном волнении. Никто из присутствующих никогда не видел старого химика в таком возбужденном состоянии. Он повернулся к Гальтону: "Как вы считаете, не может ли само его рождение быть результатом влияния Машинетты?"

"Вполне вероятно!" ответил Гальтон. *Post hoc, ergo propter hoc.* Я давно подозревал, что Машинетта является источником магнетизма, который непосредственно может воздействовать на молекулы наследственности! Большую часть своих путешествий во времени Уэллс проводил у нас в 1866 и 1867 годах. Когда вы вернётесь в 1899 год," обратился он к Уэллсу, "взгляните-ка хорошенько, какие таланты вашего времени родились в эти годы, или сразу же после них!"

"В таком случае," в возбуждении вскричал Додсон, "может быть, 1860-е годы действительно станут поворотным моментом в истории, когда наследственные коды человеческого рода начнут изменяться под прямым воздействием аппарата, посланного из будущего?"

"Наверняка многие из этих молодых талантов, родившихся в конце 1860-х–начале 1870-х, ещё не проявили себя к концу века!" воскликнул Дарвин. "Мы не знаем, кто из них в конечном счёте изменит курс истории; это может быть кто угодно—от молодого юриста в Южной Африке до владельца велосипедного магазина в штате Огайо!"

"Не исключено, что какие-то из этих талантов уже проявились!" сказал Уэллс. "Сейчас в Париже—то есть не сейчас, а в 1899 году—работает замечательная женщина-химик, моя ровесница родом из русской Польши. Её зовут Мария Склодовская-Кюри. Она обнаружила новый химический элемент, названный 'радий', с удивительными свойствами, которые уже были открыты французами несколько лет назад для урана.[41] Они называют это 'радиоактивность', и даже я с моими скромными познаниями в физике и химии могу видеть, что это—величайший прорыв в освоении природных энергий. Человек покорит бесконечную энергию атомного ядра!

"И это—моё третье свидетельство того, что история изменилась! Я помню, что в моей предыдущей жизни 'радиоактивность' в 1899 году ещё не была открыта!

"Я уверен, что это—изменение к лучшему. Уже через десяток лет исчезнут смрадно дымящие трубы домов и заводов, и воздух вернется к своей первозданной чистоте. Чистые небеса 1920-х годов раскинутся над городами будущего. Мир засияет чистейшей энергией, испускаемой атомами—вашими атомами, Дальтон!"

Дальтон вздохнул. "Увы! Всё, что я видел и слышал, сравнивая ваши времена с моими, не внушает мне оптимизма. Несомненно, человечество достигло невероятного прогресса с применением сложных машин—но в то же время и невероятной безответственности ваших властей, и оглупления народа в целом. Взгляните: древние империи собираются из исторических осколков в 1860-х– 70-х годах—'Италия', 'Германия'—что это за оперная ерунда?"

"Судьба Бонапарта, похоже, не стала уроком для человечества," с грустью согласился Дарвин.

"По крайней мере в распоряжении Корсиканца был только порох—но теперь к человеческим страстям добавляются технические изобретения, и эта комбинация может оказаться смертельной!" сказал Фрэнсис Гальтон.

"Мне кажется, человечество не готово к использованию радиоактивной энергии," сказал Дальтон. "Было бы неразумно выпустить на волю скрытую силу атома. Пожалуйста," обратился он к Уэллсу, "когда вы вернётесь в 1899 год, поезжайте в Париж и попытайтесь поговорить с этими людьми—с той польской дамой и французскими физиками, о которых вы упомянули…"

"Влияние Корпуса Времени понёмногу растет," сказал Уэллс. "Может быть, нам удастся приостановить исследования атомной энергии до тех пор, пока не появятся первые признаки разоружения, пока Великие Державы не прекратят своё агрессивное поведение. Пока что этого не видно—но подождём будущего столетия!" Он улыбнулся. "Мой 1899 год закончится через несколько недель. Наш блестящий век завершается!"

Алиса сидела за своим рабочим столом в Хрустальном Дворце.[42] Это новое владение королевской семьи в Сиднем-Хилле, приобретённое по приказанию королевы, быстро преобразовывалось в Британскую Научную Академию—*Academia Scientiarum Britannica*, которая должна была своим блеском превзойти все учёные учреждения всех эпох, и в то же время стать официальным прикрытием для тайной работы Корпуса Времени.

Согласно планам Дарвина и Уэллса, Хрустальный Дворец вместит сотни постоянных и приезжающих учёных со всех концов цивилизованного света, представителей всех естественных и медицинских наук. Уже прибывали на станцию бесчисленные составы поездов, с которых сгружали оборудование, книги, химические реактивы, ящики с коллекциями. Уже в ярко освещённых залах дворца десятки сотрудников—не только мужчин, но и женщин—увлечённо работали за лабораторными столами и рылись на книжных полках.

Алиса разбирала стопки графиков, составленных Фрэнсисом Гальтоном, его таблицы распределения талантов по странам мира, его цветные карты пространства-времени, вычерченные с целью определить наследственные факторы, отвечающие за различные стороны интеллекта. Под руководством мистера Гальтона в Англии и Шотландии уже создавались особые школы для обучения математике и естественным наукам. Туда, после тщательной проверки их знаний и способностей, привозились талантливые мальчики и девочки со всего света—от пампасов Южной Америки до замёрзших пространств Сибири!

Алиса помогала выбирать наиболее важные карты, которые надо было переснять на улучшенные фотопластинки Додсона для транспортировки в далёкое прошлое через туманы Реки Времён. Сотрудники Корпуса Времени, начиная с 1820-х годов, втайне работали под руководством Джона Дальтона, отбирая талантливых детей и тщательно наблюдая за их судьбой.

Может быть, таким образом удастся более разумно использовать эти важнейшие годы, когда Европа избавилась от безумия французского террора и наполеоновских завоеваний. И тогда потенциал разума, сосредоточенный в Британской империи, превзойдёт Афины и Рим, вместе взятые!

Алиса знала, что и Дарвин, и Додсон были теперь чрезвычайно загружены работой, но в то же время оба трудились над новыми книгами.

Мистер Дарвин работал над *Происхождением человека*, в то время как мистер Додсон сочинял вторую книгу

Приключений Алисы—на этот раз свою собственную фантастическую историю, действие которой было привязано к шахматной доске. Алиса вздрогнула: зловещая бессмыслица *Страны чудес* всё ещё не оставляла её, хотя прошло уже много лет...

Она просмотрела последние отчёты Додсона и Бэббиджа, которые пытались наладить Аналитическую машину, уже построенную и работающую, для расшифровки Послания из Будущего. Алиса не знала, что означают длинные ряды нулей и единиц; они каким-то образом имели отношение к работе Аналитической машины. Леди Лавлейс говорила, что расшифровать Послание вряд ли удастся, пока они не обнаружат текста, который мог бы послужить для этого Розеттским камнем.

Взгляд Алисы упал на страницы совместного отчёта Менделя и Дальтона. Они пробовали употребить теорию атомов и молекул для расшифровки наследственных геммул; Алиса ещё плохо разбиралась в этой области химии. Все эти знания и методы были чрезвычайно новыми, и включали совместные результаты работы многих специалистов из всех десятилетий XIX века.

Алиса долго рассматривала странные, короткие слова, расположенные группами; многие из них несоменно представляли собой какой-то код, но на первый взгляд казались полной бессмыслицей. Где-то, думала Алиса, или когда-либо, всё это может иметь особый смысл: ведь именно в этих молекулах каким-то образом записан Язык Жизни...

А нельзя ли использовать Аналитическую машину Бэббиджа для расшифровки этого Языка? И не может ли помочь в этом мистер Додсон, с его необыкновенным вниманием к словесным играм наподобие "Дублетов"? Алиса вспомнила короткие слова, в которых надо было менять по одной букве: кот—рот—ром—Рим...

Некоторые коды в отчёте Дальтона имели какой-то странный смысл по-английски: TAG A CAT (пометь кота) или GAG A CAT (заткни коту рот).[43] "Зачем метить кота?" подумала Алиса. "А затыкать ему рот уж и вовсе нехорошо, особенно если кот Чеширский…"

"Так согласился ли в конце концов Гальтон с Дальтоном? Или же это Дальтон постоянно не соглашался с Гальтоном?" пробормотала она.

Алиса устала, и её клонило в сон. Большие волны уже поднимались в её сознании и достигали берега. Гроза собиралась над головой. Первые порывы ветра срывали осенние листья, которые плыли по затихшей, потемневшей Реке Времён. Алисе показалось, что она различает фигуру путешественника по времени, который летит сквозь туманы, держась за свой маленький блестящий аппарат.

Странная и зловещая строка из несуществующего стихотворения—там ещё говорилось что-то об одиноком корабле в холодном море—вплыла в её сознание ещё одним кусочком загадочной мозаики:

"…ибо Снарк оказался Буджумом"

—и в этот момент, пытаясь понять, что же значат эти слова, Алиса проснулась!

Она, как прежде, сидела за своим рабочим столом в кабинете Дарвина, среди десятков стеклянных банок, полных экзотических морских желудей.

Так, значит, всё это было сном? И на самом деле она не была участницей благородной битвы за лучшее будущее человечества в рядах знаменитейших учёных своего времени?

Алиса вздохнула, вспоминая свои многочисленные видения, и взялась за перо. Коллекции из всех семи океанов света требовали подробного описания и точных этикеток. Сколько всего ещё предстояло найти и описать в Стране чудес естественного мира и за его пределами!

Было 21 сентября 1866 года, и всего в семи милях от дома Дарвина, по адресу: 47, Хай-стрит, Бромли, у миссис Сары Уэллс только что родился младший сын.

Примечания

Глава I

1 *"у Дарвина дома, в графстве Кент"*—дом Чарльза Дарвина (1809–1882) сегодня—музей и место паломничества натуралистов. Существует много подробных биографий Дарвина; см., например: Johnson, Paul. *Darwin: Portrait of a Genius*. Viking, 2012.

2 *"И углубляться день-деньской в колодец светлый микроскопа"*— Владимир Набоков, "Университетская поэма" (1927)

3 *"волшебные сказки, которые придумывает мистер Додсон"*— настоящая фамилия Льюиса Кэрролла традиционно, но неверно передаётся в русских источниках как "Доджсон" (а иногда также "Додгсон"). В английском оригинале буква "g" не произносится, поэтому мы используем написание "Додсон". Именно так сам Кэрролл произносил свою фамилию: [ˈdɒdsən].

Н. М. Демурова, крупнейшая русская переводчица и исследовательница Кэрролла, отмечала: "Чарлз Лютвидж Доджсон (таково было настоящее имя Льюиса Кэрролла, неизменно настаивавшего на том, что «ж» в его фамилии должно писаться, хоть оно и не произносится" (Демурова, Н. М. *Алиса в Стране чудес и Зазеркалье*. С. 277-314 в кн: Кэрролл, Льюис. *Алиса в Стране чудес. Сквозь зеркало и что там увидела Алиса, или Алиса в Зазеркалье*. М.: Наука, 1978, с. 281); "Чарлз Лютвидж Доджсон («ж» немое, о чём он не уставал предупреждать своих новых корреспондентов)" (Демурова, Н. М. *Льюис Кэрролл. Очерк жизни и творчества*. М.: Наука, 1979, с. 7).

Транслитерация "Доджсон" появляется уже в предисловии к раннему переводу А. Н. Рождественской, *Приключения Алисы в волшебной стране* (1908; псевдоним автора дается как "Кэрроль"). Не исключено, что это написание возникло и удержалось по аналогии с фамилией американской детской писательницы Мэри Мэйпс Додж (Mary Mapes Dodge, 1838–1905). Её сентиментальная книга *Серебряные коньки* (*Hans Brinker, or The Silver Skates*), опубликованная в том же году, что и первая книга Кэрролла об Алисе (1865), и по сей день популярна в России. В отличие от автора *Алисы*, Мэри Мэйпс Додж удостоилась прижизненной статьи в крупнейшей дореволюционной русской энциклопедии (Брокгауз и Ефрон, 1893, том 10А, с. 854)—рядом с птицей додо!

Интересно, что знаменитый критик и детский писатель Корней Чуковский (эссе "Русскими глазами. Оксфордская речь", ок. 1964) использовал написание "Додгсон": "А когда я впервые подошел к речке Айзис—это было в 1962 году,—я не без волнения вспомнил, что ровно сто лет назад жарким летом по этой самой воде проплывала длинная лодка, в которой сидели три девочки, сёстры Лиделл, и с ними чинный математик Чарлз Лутвидж Додгсон, alias Льюиз Кэрролл."

4 *"Мистер Додсон не признаёт неэвклидову 'новую геометрию'"*— Чарльз Додсон защищал Эвклида и отрицал новую геометрию. Он даже написал пьесу "Эвклид и его современные соперники" *(Euclid and His Modern Rivals)* (1879?), где изображался призрак Эвклида. См. Wilson, R. *Lewis Carroll in Numberland: His Fantastical Mathematical Logical Life.* W. W. Norton, 2008.)

Глава II

5 О *метаморфопсии,* известной также как "синдром Алисы в Стране чудес", *см.* Burstein, S. The Alice in Wonderland syndrome, an update." *Jabberwocky*, 1994, 23(2): 23–31. Среди недавних работ, см.: Binalsheikh, I.M., Griesemer, D., Wang, S., Alvarez-Altalef, R. "Lyme neuroborreliosis presenting as Alice in Wonderland syndrome". *Pediatric Neurology*, 2012, 46: 185–186; Lanska, J.R., Lanska, D.J. "Alice in Wonderland syndrome: Somesthetic vs visual perceptual disturbance". *Neurology*, 2013, 80: 1262–1264.

6 Литература о *галлюциногенных растениях и грибах* и их фармакологии необъятна. См., напр.: Letcher, A. *Shroom: A cultural*

history of the magic mushroom. London: Faber and Faber, 2006. О "провидческом шалфее" см. Wojcieszak, J. *"Salvia divinorum*: from Mazatec medicinal and hallucinogenic plant to emerging recreational drug". *Human Psychopharmacology Clinical and Experimental*, 2013, 28(5): 403–412.

Глава III

7 *Джон Дальтон* (1766–1844) описал свою разновидность цветовой слепоты (дальтонизма) в 1794 г. в статье "Необычные случаи цветовосприятия." Дальтон оставил распоряжения о том, чтобы его глаза были исследованы после его смерти. Исследование показало, что внутриглазная жидкость имела нормальную прозрачность. В 1995 году из ткани высохших глазных яблок Дальтона была выделена ДНК, и было установлено, что знаменитый учёный страдал редкой формой цветной слепоты—дейтеранопией; у него отсутствовали рецепторы фотопигмента сетчатки, улавливающие световые волны средней длины. См.: Hunt, D. M., Dulai, K. S., Bowmaker, J. K. & Mellon, J. D. "The chemistry of John Dalton's color blindness". *Science*, 1995, 267(5200): 984–987.

Глава IV

8 *"Где Альф бежит, поток священный…"*—Сэмюэл Тейлор Кольридж, "Кубла Хан, или Видение во сне" (1798), перевод К. Бальмонта.

9 *"Какой же вестник мчался так стремительно?…"*—Эсхил, *Агамемнон*, перевод С. Апта.

10 *"Аппарат Хьюза"*, известный в России как "буквопечатающий аппарат Юза"—телеграфный аппарат с печатным устройством, запатентованный в 1855 г. англо-американским изобретателем Дэвидом Эдвардом Хьюзом (Юзом) (1831–1900).

11 *"Из Москвы в Сан-Франциско; из Шанхая на Марс!"*—ср. "Из Москвы—в Нагасаки! Из Нью-Йорка—на Марс!" (Игорь Северянин. "Ананасы в шампанском" [1915])

12 *Аналитическая машина Чарльза Бэббиджа* (1791–1871) так и не была построена. *Ада Лавлейс* (1815–1852) считается первым в

истории программистом; в её честь был назван язык программирования "Ада".

Глава V

13 *"состояние 'наваждения', в котором, при полном осознании реального окружения, человек также сознаёт присутствие фей;... вид транса, в котором, ...фактически пребывая в забытьи, человек (т.е., его нематериальная сущность) проникает в иные сферы, в иную реальность, или Сказочную страну, и осознаёт присутствие её жителей."*—Льюис Кэрролл, *Сильвия и Бруно. Окончание истории*, Предисловие (перевод А. Москотельникова).

Глава VI

14 *"Poi ch'innalzai un poco più le ciglia..."*—

"Потом, взглянув на невысокий склон,
Я увидал: учитель тех, кто знает,
Семьёй мудролюбивой окружён.

К нему Сократ всех ближе восседает
И с ним Платон; весь сонм всеведца чтит..."

Данте Алигьери, *Божественная комедия. Ад*, Песнь 4: 131–136 (перевод М. Лозинского). *"Учитель тех, кто знает"*—Аристотель. Его *Метафизика* открывается словами "Все люди от природы стремятся к знанию."

15 *"к 1898 году тираж книги превысит 150 000 экземпляров!"*—157 000 по оценке Клэр Имхольц (Imholtz, Clare. "Notes on the early printing history of Lewis Carroll's 'Alice' books". *The Book Collector*, 2013, 62(2)).

Глава VII

16 *"Безумная Червонная Королева, так непохожая на заботливую Викторию, казалась ей чистым воплощением слепой, бесцельной*

фурии."—"Я представлял себе Червонную Королеву как своего рода воплощение неуправляемой страсти—слепую, бесцельную фурию" (Льюис Кэрролл. "Alice on the Stage". *The Theatre*, April 1887).

17 *"патриотические заблуждения Германии... англичанин с лёгкостью предался расплывчатым восторгам современного империализма."*—эти и некоторые другие выражения заимствованы из книги Г. Дж. Уэллса *Очерк истории* (*The Outline of History*. Doubleday, 1961 (1st ed. 1920)).

18 О *гемофилии* принца Леопольда см., например: Rushton, A.R. "Leopold: the 'bleeder prince' and public knowledge about hemophilia in Victorian Britain". *Journal of the History of Medicine and Allied Sciences*, 2012, 67(3): 457–490.

19 *"геометрия, которой нас обучали в школах, построена на недоразумении. ... существуют четыре измерения, из которых три мы называем пространственными, а четвёртое— временны́м."*—Уэллс, *Машина времени* (1895), гл. 1.

20 *"Тектонических сдвигов... мистер Лайель"*—друг Дарвина, Чарльз Лайель (1797–1875), был основателем современной геологии. Его главный труд—*Основные начала геологии* (*Principles of Geology*, 1830–33).

21 *"Ужасный сценарий"*—так Дарвин описывает естественный отбор в своей книге *О происхождении видов путем естественного отбора* (*On the Origin of Species by Means of Natural Selection; or, The Preservation of Favoured Races in the Struggle for Life*, 1859).

22 *"Развивающаяся цивилизация может оказаться беспорядочным нагромождением материала..."*—"Развивающаяся цивилизация представлялась ему [Путешественнику по Времени] в виде беспорядочного нагромождения материала, который в конце концов должен обрушиться и задавить строителей."—Уэллс, *Машина времени* (1895), эпилог.

Глава VIII

23 *"Русский дневник"*—все датированные цитаты, данные курсивом, взяты из "Дневника путешествия в Россию 1867 г." Льюиса Кэрролла (*Lewis Caroll's "Journal of a tour in Russia in 1867"*. Pp. 73–121 In: *The Russian Journal and Other Selections from the Works*

of Lewis Carroll. Ed. by J. F. McDermott. Dover Books, 1977; первая публикация, 1935). Перевод с англ. мой – В. Ф.

24 *Сэмюэл Уилберфорс, епископ Оксфордский* (1805–1873) был известен в Палате лордов как "Мыльный Сэм." Однако его знаменитый конфликт с Томасом Гексли, "бульдогом Дарвина", в 1860 г. в Оксфордском музее естественной истории (именно там Алиса будет позже изучать своих морских желудей) скорее всего сильно раздут. Уилберфорс относился к Дарвину вполне нормально: он опубликовал длинную (17 тысяч слов) и довольно дружелюбную рецензию на *Происхождение видов* (Johnson, 2012, *op. cit.*).

25 *Николай Лобачевский* (1811–1856), *Янош Больяи* (1802–1860) и *Бернхард Риман* (1826–1866) прорвались через эвклидовы рамки к новым измерениям. Архив Больяи (14 тысяч страниц) сохранился именно потому, что он был конфискован местными властями. См.: Dénes, T. "Real Face of János Bolyai". *Notices of the American Mathematical Society*, 2011, 58(1): 41–51. Гипотеза Римана (о распределении простых чисел) остаётся недоказанной; многие из его разрозненных рукописей были утеряны после его смерти, и мы никогда не узнаем, насколько близко он подошёл к её доказательству. Римановская идея "гиперпространства" способствовала дальнейшему развитию общей теории относительности и математики в целом.

26 *"где* moujik *боготворил бы своего Царя и служил бы преданно своему господину"*—Уэллс, *Очерк истории.*

27 *"глиняные таблички Ниневии"*—знаменитая клинописная "Библиотека Ашшурбанипала" (7-й век до н.э.), которую раскопал в 1851 г. знаменитый английский археолог Остин Генри Лэйард.

28 *Пергамент*, недублёная сыромятная шкура животных (коровы, овцы или козы), не содержит растительного волокна (целлюлозы). Широко использовался для рукописей, пока не был вытеснен хлопковой бумагой к концу XV века. Искусство выделки пергамента сохранилось до наших дней; рукописные священные свитки Торы у евреев могут быть записаны только на пергаменте.

29 *"Пишущая машина"*—Anon., "Type Writing Machine". *Scientific American*, 17(1) (New York). 6 July 1867, p. 3: "Мистер Пратт, изобретатель из Алабамы, недавно представил Лондонскому обществу искусств машину, дающую возможность печатать свои мысли вдвое быстрее, чем записывать их, с добавлением преимущества чёткости, компактности и аккуратности текста.... Трудоёмкое и неудовлетворительное письмо посредством пера рано

или поздно исчезнет из употребления... Утомительный процесс обучения чистописанию в школах будет сокращён до умения проставить собственную подпись и играть на вышеописанном литературном фортепиано, или скорее на его улучшенных потомках.”

Глава IX

30 *“Однажды я увидел двух редких жуков ... вынужден был выплюнуть жука, и я потерял его, так же как и третьего”*—цитата из “Автобиографии” Дарвина.

31 *“Пангенез”*—наше слово “ген” является сокращением термина “панген”, который ведёт начало от дарвиновского “пангенеза.” “Пангенез, временная гипотеза” была выдвинута в книге Дарвина *Изменение животных и растений в домашнем состоянии* (*The Variation of Animals and Plants under Domestication*, 1868). Гипотеза “пангенеза” предполагала существование “мелких, невидимых геммул”—частиц, которые несут наследственные признаки.

32 *“некий Фридрих Мишер, больничный врач из Базеля...”* Фридрих Мишер (1844–1895) открыл свой “нуклеин,” известный сегодня как дезоксирибонуклеиновая кислота, или ДНК, в 1869 г. См. Dahm, R. “Friedrich Miescher and the discovery of DNA”. *Developmental Biology*, 2005, 278: 274–288. В нашей реальности структуру этой молекулы установили Джеймс Уотсон и Фрэнсис Крик в Кембридже только в 1953 г. См. Schwartz, James. *In Pursuit of the Gene: From Darwin to DNA*. Harvard University Press, 2008.

33 *Граф “Фестетикс” в Брюнне*—о замечательной и забытой фигуре графа Имре Фестетича (Imre Festetics, 1764–1847), венгерского аристократа и предшественника Менделя, см.: Poczai, P., N. Bell & J. Hyvönen. “Imre Festetics and the Sheep Breeders' Society of Moravia: Mendel's forgotten ‘research network’”. *PLoS Biol.*, 2014, 12(1): e1001772.

34 О *Менделе* см., например: Henig, R. M. *The Monk in the Garden. The Lost and Found Genius of Gregor Mendel, the Father of Genetics.* Houghton Miflin, 2000. Грегор Иоганн Мендель (1822–1884) действительно посетил Вторую Всемирную выставку в Лондоне в 1862 г. Сам Дарвин никогда не предлагал механизма наследственности. Дарвиновская идея “пангенеза” была подхвачена Гуго Де Фризом, который в 1900 “переоткрыл” забытую работу

Менделя (1866). О подробностях этих захватывающих событий в нашей реальности см. Schwartz (*op. cit.*)

35 *"так и остался бы в библиотеке Дарвина с неразрезанными страницами"*—История о том, что страницы статьи Менделя, посланной Дарвину, остались неразрезанными, является устойчивым научным мифом. Статья "Versuche über Pflanzen-hybriden" (1866) в библиотеке Дарвина не обнаружена, хотя считатеся, что Мендель посылал её Дарвину. Тем не менее легенда не полностью выдумана. В библиотеке Дарвина имеется книга, в которой упоминаются (наряду с другими) "многочисленные опыты Менделя по скрещиванию" ("Mendels zahlreiche Kreuzungen"); именно эти страницы не разрезаны в экземпляре Дарвина. Подробнее см. Lorenzano, P. 2011. What would have happened if Darwin had known Mendel (or Mendel's work)? *History & Philosophy of the Life Sciences*, 2011, 33: 3–48.

36 *"естественный отбор будет действовать вообще очень медленно, только через длинные промежутки времени и только на небольшое число обитателей данной страны"*—Дарвин, *О происхождении видов*, гл. 4.

Г Л А В А X

37 *"Аргонавты времени"* (1888)—рассказ о путешествии во времени, написанный Г. Дж. Уэллсом в возрасте двадцати двух лет.

38 *"Научные романы"* (scientific romances) Г. Дж. Уэллса, принёсшие ему мгновенную славу—*Машина времени* (1895), *Остров доктора Моро* (1896), *Человек-невидимка* (1897) и *Война миров* (1899).

39 *"Скорее всего, вы были первым!"*—В повести Льюиса Кэрролла *Сильвия и Бруно* (1889) имеются часы, с помощью которых можно вернуться в прошлое на время до одного месяца. Лин Картер считала этот эпизод "первым настоящим изображением путешествия во времени в литературе" (Carter, Lin. "Have Time, Will Travel!" *Fantastic Universe*, 12, Jan. 1960: 98–103. (Клэр Имхольц, личное сообщение). Однако путешествия во времени изображаются, например, уже в *Мемуарах из XX века* (*Memoirs of the Twentieth Century*) Сэмюэла Мэддена (1778). Рассказ Уэллса *Аргонавты времени* (1888) был опубликован на год ранее, чем *Сильвия и Бруно*. Другой ранний рассказ, *Часы, которые шли назад* (*The Clock That Went Backward*) Эдварда Митчелла, был

опубликован уже в 1881 г. Книга Марка Твена *Янки из Коннектикута при дворе короля Артура* появилась в том же году, что *Сильвия и Бруно*.

Интересно, что в России уже в 1824 г. Ф. В. Булгарин опубликовал фантастический очерк *Правдоподобные небылицы, или Странствование по свету в XXIX веке*, где изображены, помимо прочего, "машина для делания стихов и машина для прозы." В 1833 г. вышел утопический роман *MMMCDXLVIII год. Рукопись Мартына Задека* Александра Вельтмана. А в 1836 г. Вельтман опубликовал роман *Александр Филиппович Македонский. Предки Калимероса*, где герой путешествует в Древнюю Грецию на гиппогрифе.

40 Предложение о созыве *Первой Гаагской мирной конференции* было выдвинуто 24 августа 1898 г. русским царём Николаем Вторым (1868–1918); конференция состоялась 18 мая 1899 г., в день рождения царя.

41 *"удивительные свойства, открытые французами"*—в начале 1896 г. Антуан Анри Беккерель открыл радиоактивность урана. В 1898 г. Мария Склодовская-Кюри (1867–1934) и её муж Пьер Кюри открыли радий.

42 *"Хрустальный Дворец"* (упомянутый также в Главе VIII) из чугуна и стекла был выстроен для размещения Всемирной выставки 1851 г. в Гайд-парке; позже перенесён в лондонское предместье Сиднем-Хилл. В нашей реальности уничтожен пожаром в 1936 г. Этот символ западной цивилизации и технологического прогресса отразился в *Машине времени* Уэллса (1895) как Зелёный Дворец из фарфора—заброшенный музей, который находит Путешественник по Времени в 802 701 году. На нём же основаны утопические видения в "четвёртом сне" Веры Павловны Лопуховой (Н.Г. Чернышевский, *Что делать?*, 1863). Трактир в *Преступлении и наказании* Ф. М. Достоевского (1866), называется "Пале де Кристаль" ("Хрустальный Дворец"). Гостиница с таким названием была открыта в Санкт-Петербурге в 1862 г. Всемирную выставку 1851 г. посетили и Чарльз Дарвин, и 19-летний Додсон, ошеломлённый "волшебным царством" Хрустального Дворца (письмо к сестре от 5 июля 1851 г.)

43 *TAG, CAT, и GAG*—некоторые из 64 *кодонов* (нуклеотидных триплетов) ДНК, составляющих так называемый генетический код, открытый в начале 1960-х гг.

Благодарности

Автор глубоко благодарен своему другу, неустанному кэрролловскому ветерану Байрону В. Сьюэллу за его чрезвычайно тщательную редакцию английского текста, за несколько эпизодов, связанных с мистером Чарльзом Додсоном, а также за чудесные иллюстрации.

Огромное спасибо Клэр и Августу Имхольцам за их замечания по ранним вариантам рукописи, а также за щедрое снабжение автора всевозможными кэрролловскими источниками.

Сергей Камышан любезно прочёл и выверил русский перевод.

Автор благодарен своим учителям: Раисе Берг, Нине Демуровой и Линн Маргулис за их влияние, которое длится всегда.

Автор благодарен своим любимым писателям-фантастам, прежде всего (но не только) Полу Андерсону, Стефену Бакстеру, Артуру Кларку, Аркадию и Борису Стругацким и в особенности Герберту Дж. Уэллсу. Без них наше будущее осталось бы неизвестным.

Автор благодарен Галине Фет за её участие.

Книга посвящается 150-летию публикации *Приключений Алисы в Стране чудес* и 150-летию со дня рождения Герберта Уэллса.

SOURCES

Alice's Adventures in Wonderland: The Evertype definitive edition,
by Lewis Carroll, 2016

Alice's Adventures in Wonderland, illus. June Lornie, 2013

Alice's Adventures in Wonderland, illus. Mathew Staunton, 2015

Alice's Adventures in Wonderland, illus. Harry Furniss, 2016

Through the Looking-Glass and What Alice Found There,
by Lewis Carroll 2009

The Nursery "Alice", by Lewis Carroll, 2015

Alice's Adventures under Ground, by Lewis Carroll, 2009

The Hunting of the Snark, by Lewis Carroll, 2010

SEQUELS

A New Alice in the Old Wonderland, by Anna Matlack Richards, 2009

New Adventures of Alice, by John Rae, 2010

Alice Through the Needle's Eye, by Gilbert Adair, 2012

Wonderland Revisited and the Games Alice Played There,
by Keith Sheppard, 2009

Alice and the Boy Who Slew the Jabberwock,
by Allan William Parkes, 2016

SPELLING

Alice's Adventures in Wonderland,
Retold in words of one Syllable by Mrs J. C. Gorham, 2010

𐐡𐐲𐑊𐐮𐑅'𐑆 𐐜𐐲𐑂𐐲𐑌𐐽𐐲𐑉𐑆 𐐮𐑌 𐐎𐐲𐑌𐐲𐑉𐑊𐐲𐑌𐐼,
Alice printed in the Deseret Alphabet, 2014

𐐜 𐐐𐐲𐑌𐐻𐐮𐑍 𐐬𐑂 𐑊 𐐝𐑌𐐪𐑉𐐽,
The Hunting of the Snark printed in the Deseret Alphabet, 2016

𐐢𐐳𐐿 𐑊 𐐢𐐳𐐿𐐮𐑍-𐐆𐑊𐐰𐑅 𐐰𐑌𐐼 𐐎𐐲𐐻 𐐜𐐲𐑊 𐐙𐐵𐑌𐐼 𐐜𐐯𐑉,
Looking-Glass printed in the Deseret Alphabet, 2016

Alice's Adventures in Wonderland,
Alice printed in Dyslexic-Friendly fonts, 2015

∧‿⌐Ε'Ρ ∧Ͻ/ΞΙΙΙ ͿϽΕᴿ ιΙΙ ∧ Ͻ\Ρ‿ΞᴧⲒ \/ϽΙΙϽΞᴿ‿∧ΙΙϽ,
Alice printed in a font that simulates Dyslexia, 2015

ⵕⵍ ⵕⵀⵍⵔⵜ ⵕⵔⵕⵔⵕⵕⵍⵕⵀⵜ ⵕⵕ ⵕⵕⵕⵕⵕⵍⵍ ⵕⵕⵔ,
Alice printed in the Ewellic Alphabet, 2013

'Ælɪsɪz Əd'ventʃəz ɪn 'Wʌndə,lænd,
Alice printed in the International Phonetic Alphabet, 2014

Alis'z Advnĕrz in Wundland, *Alice* printed in the Ñspel orthography, 2015

°.ᒐ‿ᒐⵏ ᒐ °.ⴱ°ᴚᴜ ⵕ °°ⴱᴚ ᒐ ‿ ⴱ °ⴱⴱᴚᴚⴱᒐ°.ⴱ ⴱ,
Alice printed in the Nyctographic Square Alphabet, 2011

ɹᴄɪᔕ'ɪ⸀ ᴜᴜⵏⵏ⎰ʜ⸝ⵕⵕ ⵏ ·ⵏⵏⴱⴄⵏᴜⵏ, *Alice* printed in the Shaw Alphabet, 2013

ALISIZ ADVENℭƷRZ IN WUNDℛLAND,
Alice printed in the Unifon Alphabet, 2014

ϽⴶXᴧⴶΙΗϽⴶΙϽΗ ΙⴶΙΙϽⴶᴧⴶϬ ⴶΙᴧⴶ (Aliz kalandjai Csodaországban),
The Hungarian *Alice* printed in Old Hungarian script, tr. Anikó Szilágyi, 2016

SCHOLARSHIP

Reflecting on Alice: A Textual Commentary
on *Through the Looking-Glass*, by Selwyn Goodacre, 2016

Elucidating Alice: A Textual Commentary on *Alice's Adventures in Wonderland*, by Selwyn Goodacre, 2015

Behind the Looking-Glass: Reflections on the Myth
of Lewis Carroll, by Sherry L. Ackerman, 2012

Selections from the Lewis Carroll Collection
of Victoria J. Sewell, compiled by Byron W. Sewell, 2014

SOCIAL COMMENTARY

Clara in Blunderland, by Caroline Lewis, 2010

Lost in Blunderland: The further adventures of Clara,
by Caroline Lewis, 2010

John Bull's Adventures in the Fiscal Wonderland, by Charles Geake, 2010

The Westminster Alice, by H. H. Munro (Saki), 2010

Alice in Blunderland: An Iridescent Dream,
by John Kendrick Bangs, 2010

SIMULATIONS

Davy and the Goblin, by Charles Edward Carryl, 2010

The Admiral's Caravan, by Charles Edward Carryl, 2010

Gladys in Grammarland, by Audrey Mayhew Allen, 2010

Alice's Adventures in Pictureland, by Florence Adèle Evans, 2011

Folly in Fairyland, by Carolyn Wells, 2016

Rollo in Emblemland, by J. K. Bangs & C. R. Macauley, 2010

Phyllis in Piskie-land, by J. Henry Harris, 2012

Alice in Beeland, by Lillian Elizabeth Roy, 2012

Eileen's Adventures in Wordland, by Zillah K. Macdonald, 2010

Alice and the Time Machine, by Victor Fet, 2016

Алиса и Машина Времени (Alisa i Mashina Vremeni),
Alice and the Time Machine in Russian, tr. Victor Fet, 2016

SEWELLIANA

Sun-hee's Adventures Under the Land of Morning Calm,
by Victoria J. Sewell & Byron W. Sewell, 2016

선희의 조용한 아침의 나라 모험기
(Seonhuiui joyonghan achim-ui nala moheomgi),
Sun-hee in Korean, tr. Miyeong Kang, 2016

Alix's Adventures in Wonderland:
Lewis Carroll's Nightmare, by Byron W. Sewell, 2011

Áloþk's Adventures in Goatland, by Byron W. Sewell, 2011

Alice's Bad Hair Day in Wonderland, by Byron W. Sewell, 2012

The Carrollian Tales of Inspector Spectre, by Byron W. Sewell, 2011

آلیس در سرزمین عجایب (Âlis dar Sarzamin-e Ajâyeb),
Alice in Dari, tr. Rahman Arman, 2015

La Aventuroj de Alicio en Mirlando,
Alice in Esperanto, tr. E. L. Kearney (1910), 2009

La Aventuroj de Alico en Mirlando,
Alice in Esperanto, tr. Donald Broadribb, 2012

Trans la Spegulo kaj kion Alico trovis tie,
Looking-Glass in Esperanto, tr. Donald Broadribb, 2012

Les Aventures d'Alice au pays des merveilles,
Alice in French, tr. Henri Bué, 2015

Les Aventures d'Alice au pays des merveilles,
Alice in French, tr. Henri Bué, illus. Mathew Staunton, 2015

Alisanın Gezisi Şaşılacek Yerdä,
Alice in Gagauz, tr. Ilya Karaseni, 2016

ჯ⊂ᲘᲚᲘᲚ ᲛᲧᲧᲥᲧᲓᲬᲝᲐᲜᲣᲧ⊂Ꮐ ᲚᲧᲰᲝᲰᲥᲤᲧᲛᲧ ᲘᲓᲛᲝᲤᲤᲝᲘ
(Elisis t'avgadasavali saoc'rebat'a k'veqanaši),
Alice in Georgian, tr. Giorgi Gokieli, 2016

Alice's Abenteuer im Wunderland,
Alice in German, tr. Antonie Zimmermann, 2010

Die Lissel ehr Erlebnisse im Wunnerland,
Alice in Palantine German, tr. Franz Schlosser, 2013

Der Alice ihre Obmteier im Wunderlaund,
Alice in Viennese German, tr. Hans Werner Sokop, 2012

Balþos Gadedeis Aþalhaidais in Sildaleikalanda,
Alice in Gothic, tr. David Alexander Carlton, 2015

Nā Hana Kupanaha a ʻĀleka ma ka ʻĀina Kamahaʻo,
Alice in Hawaiian, tr. R. Keao NeSmith, 2016

Ma Loko o ke Aniani Kū a me ka Mea i Loaʻa iā ʻĀleka
ma Laila, *Looking-Glass* in Hawaiian, tr. R. Keao NeSmith, 2016

Aliz kalandjai Csodaországban,
Alice in Hungarian, tr. Anikó Szilágyi, 2013

Eachtra Eibhlíse i dTír na nIontas,
Alice in Irish, tr. Pádraig Ó Cadhla (1922), 2015

Eachtraí Eilíse i dTír na nIontas, *Alice* in Irish, tr. Nicholas Williams, 2007

Lastall den Scáthán agus a bhFuair Eilís Ann Roimpi,
Looking-Glass in Irish, tr. Nicholas Williams, 2009

Le Avventure di Alice nel Paese delle Meraviglie,
Alice in Italian, tr. Teodorico Pietrocòla Rossetti, 2010

Alis Advencha ina Wandalan,
Alice in Jamaican Creole, tr. Tamirand Nnena De Lisser, 2016

L's Aventuthes d'Alice en Êmèrvil'lie,
Alice in Jèrriais, tr. Geraint Williams, 2012

L'Travèrs du Mitheux et chein qu'Alice y dêmuchit,
Looking-Glass in Jèrriais, tr. Geraint Williams, 2012

Әлисәнің ғажайып елдегі басынан кешкендері
(Älisäniñ ğajayıp eldegi basınan keşkenderi),
Alice in Kazakh, tr. Fatima Moldashova, 2016

Алисанын Кызыктар Өлкөсүндөгү укмуштуу окуялары
(Alisanın Kızıktar Ölkösündögü ukmuştuu okuyaları),
Alice in Kyrgyz, tr. Aida Egemberdieva, 2016

Las Aventuras de Alisia en el Paiz de las Maraviyas,
Alice in Ladino, tr. Avner Perez, 2014

לאס אב'יכטוראס די אליסייה אין איל פאאיס די לאס מאראב'ייליאס
(Las Aventuras de Alisia en el Paiz de las Maraviyas),
Alice in Ladino, tr. Avner Perez, 2016

Alisis pīdzeivuojumi Breinumu zemē,
Alice in Latgalian, tr. Evika Muizniece, 2015

Alicia in Terra Mirabili, *Alice* in Latin, tr. Clive Harcourt Carruthers, 2011

Aliciae per Speculum Trānsitus (Quaeque Ibi Invēnit),
Looking-Glass in Latin, tr. Clive Harcourt Carruthers, Forthcoming

Alisa-ney Aventuras in Divalanda, *Alice* in Lingua de Planeta (Lidepla), tr.
Anastasia Lysenko & Dmitry Ivanov, 2014

La aventuras de Alisia en la pais de mervelias,
Alice in Lingua Franca Nova, tr. Simon Davies, 2012

Alice ehr Eventüürn in't Wunnerland,
Alice in Low German, tr. Reinhard F. Hahn, 2010

Contoyrtyssyn Ealish ayns Çheer ny Yindyssyn,
Alice in Manx, tr. Brian Stowell, 2010

Ko Ngā Takahanga i a Ārihi i Te Ao Mīharo,
Alice in Māori, tr. Tom Roa, 2015

Dee Erläwnisse von Alice em Wundalaund,
Alice in Mennonite Low German, tr. Jack Thiessen, 2012

Auanturiou adelis en Bro an Marthou,
Alice in Middle Breton, tr. Herve Le Bihan & Herve Kerrain, Forthcoming

The Aventures of Alys in Wondyr Lond,
Alice in Middle English, tr. Brian S. Lee, 2013

L'Avventure d'Alice 'int' 'o Paese d' 'e Maraveglie,
Alice in Neapolitan, tr. Roberto D'Ajello, 2016

L'Aventuros de Alis in Marvoland, *Alice* in Neo, tr. Ralph Midgley, 2013

Elises Eventyr i Undernes Land: den første norske *Alice:*
Elise's Adventures in the Land of Wonders: the first Norwegian *Alice,*
Alice in Norwegian, ed. & tr. Anne Kristin Lande, 2016

Æðelgyðe Ellendæda on Wundorlande,
Alice in Old English, tr. Peter S. Baker, 2015

La geste d'Aalis el Païs de Merveilles,
Alice in Old French, tr. May Plouzeau, 2016

Alitjilu Palyantja Tjuta Ngura Tjukurmankuntjala (Alitji's Adventures
in Dreamland), *Alice* in Pitjantjatjara, tr. Nancy Sheppard, 2016

Alitji's Adventures in Dreamland: An Aboriginal tale inspired by
Alice's Adventures in Wonderland, adapted by Nancy Sheppard, 2016

Alice Contada aos Mais Pequenos,
The Nursery "Alice" in Portuguese, tr., Rogério Miguel Puga, 2015

Соня въ царствѣ дива (Sonia v tsarstvie diva):
Sonja in a Kingdom of Wonder,
Alice in facsimile of the 1879 first Russian translation, 2013

Охота на Снарка (Okhota na Snarka),
The Hunting of the Snark in Russian, tr. Victor Fet, 2016

Ia Aventures as Alice in Daumsenland,
Alice in Sambahsa, tr. Olivier Simon, 2013

Ocolo id Specule ed Quo Alice Trohv Ter,
Looking-Glass in Sambahsa, tr. Olivier Simon, 2016

'O Tāfaoga a 'Ālise i le Nu'u o Mea Ofoofogia,
Alice in Samoan, tr. Luafata Simanu-Klutz, 2013

Eachdraidh Ealasaid ann an Tir nan Iongantas,
Alice in Scottish Gaelic, tr. Moray Watson, 2012

Alice's Adventchers in Wunderland,
Alice in Scouse, tr. Marvin R. Sumner, 2015

Mbalango wa Alice eTikweni ra Swihlamariso,
Alice in Shangani, tr. Peniah Mabaso & Steyn Khesani Madlome, 2015

Ahlice's Aveenturs in Wunderlaant,
Alice in Border Scots, tr. Cameron Halfpenny 2015

Alice's Mishanters in e Land o Farlies,
Alice in Caithness Scots, tr. Catherine Byrne 2014

Alice's Adventirs in Wunnerlaun,
Alice in Glaswegian Scots, tr. Thomas Clark, 2014

Ailice's Anters in Ferlielann,
Alice in North-East Scots (Doric), tr. Derrick McClure, 2012

Alice's Adventirs in Wonderlaand,
Alice in Shetland Scots, tr. Laureen Johnson, 2012

Ailice's Àventurs in Wunnerland,
Alice in Southeast Central Scots, tr. Sandy Fleemin, 2011

Ailis's Anterins i the Laun o Ferlies,
Alice in Synthetic Scots, tr. Andrew McCallum, 2013

Alice's Carrànts in Wunnerlan,
Alice in Ulster Scots, tr. Anne Morrison-Smyth, 2013

Alison's Jants in Ferlieland,
Alice in West-Central Scots, tr. James Andrew Begg, 2014

Alice muNyika yeMashiripiti,
Alice in Shona, tr. Shumirai Nyota & Tsitsi Nyoni, 2015

Алисаның қайгаллыг Чериндe полган чоруқтары
(Alisanıñ qayğallığ Çerinde polğan çoruqtarı),
Alice in Shor, tr. Liubov′ Arbachakova, 2016

Alis bu Cëlmo dac Cojube w dat Tantelat,
Alice in Ṣurayt, tr. Jan Beṭ-Ṣawoce, 2015

Alisi Ndani ya Nchi ya Ajabu, *Alice* in Swahili, tr. Ida Hadjuvayanis, 2015

Alices Äventyr i Sagolandet, *Alice* in Swedish, tr. Emily Nonnen, 2010

'Alisi 'i he Fonua 'o e Fakaofo',
Alice in Tongan, tr. Siutāula Cocker & Telesia Kalavite, 2014

Ventürs jiela Lälid in Stunalän, *Alice* in Volapük, tr. Ralph Midgley, 2016

Lès-avirètes da Alice ô payis dès mèrvèyes,
Alice in Walloon, tr. Jean-Luc Fauconnier, 2012

Anturiaethau Alys yng Ngwlad Hud, *Alice* in Welsh, tr. Selyf Roberts, 2010

I Avventur de Alis ind el Paes di Meravili,
Alice in Western Lombard, tr. GianPietro Gallinelli, 2015

Di Avantures fun Alis in Vunderland,
Alice in Yiddish, tr. Joan Braman, 2015

Alises Avantures in Vunderland,
Alice in Yiddish, tr. Adina Bar-El, Forthcoming

Insumansumane Zika-Alice,
Alice in Zimbabwean Ndebele, tr. Dion Nkomo, 2015

U-Alice Ezweni Lezimanga, *Alice* in Zulu, tr. Bhekinkosi Ntuli, 2014